この世にて

日和聡子
Hiwa Satoko

青土社

まえがき　この世にて

生まれ育った家の脇には、竹藪があった。もとはそこにいくらか広がっていたのであろう竹藪の、その一部がわずかに残ったものであるようだった。植物の勢いが盛んであればあるほど、そこは鬱蒼として、小暗い空間を生み出していた。竹ばかりではなく、巨大な葉を広げる蕗も密生していた。かつて家業の店で朝から晩まで忙しく働いていた母が、ある昼の食卓には、そこから切り採ってきた蕗を煮るなどして出してくれたこともあった。初夏にさしかかる頃だったのだろうか。それは妙にまぶしい鮮やかな白昼の夢のように明るくはなやいだ記憶として脳裏に焼き付いている。

家は、私が生まれる少し前に、それまでと同じ場所に新たに建て替えられたものだった。私が幼い頃、家の片側には、脇にわずかに残った竹藪から続くようにして、普段は草が生い繁っていた。竹藪のそばから、あるいは居間や仏間の縁や窓から眺めると、少し段差があり深まった位置にあるその一帯には、木木や草草がさまざまに息づいて、ざわめいたり、しずまったり、ときにうるさいほどの沈黙を押し広げて盛り上がってくるような勢いを感じさせたりした。

草の勢いが増してくる季節になると、その明るく濃い緑のなかに、藤の花が咲くのが見えた。私はそれがとてもすきだった。普段は人が足を踏み入れる場所ではなく、誰かがそれを手入れしているわけではないように思われるのに、いつからか、時期がくると、藤はそこに咲くのだった。私の知らない時代からのことのようだと、誰に訊ねてみたわけでもなく、子ども心に、ただひとりで漠然とそう感じていた。藤の花が咲いていたあたりは、周囲をほとんど隙間なく草が生い繁り、地面を覆っていた。草はどれほどの丈があり、地面まではどれくらいの深さがあるのか、よくわからなかった。その混沌とした、曖昧な、不可解な一帯を、私はどこかおそれ、意識しながら、そこから生じ漂うものを、日日自ずと吸い込んでいった。

そうしたなかで、ときにそれらの草草は、すっかりきれいに刈られたりした。すると、普段は深く繁る草草が覆い隠していたものが、思いがけずあらわになった。ふいにそこにあらわれるのは、古い何かの痕跡だった。あれは何だろう、何がそこにあったのだろう――。目にするたびにそう思っていたものが、一体何であったのかは、今もはっきりとはわからない。しかし、どうやらそれは、以前の家やその周辺の、遺構であるらしかった。藤の花のあたりにわずかにのぞいていたものは、私には古い時代の石垣か段か土台の一部のようにも見えていた。おそらくそれは、往時の石造りかコンクリートでできた、何らかの構築物の名残であったと思われる。誰かがそこに植えたのか、あるいは種が落ちて自ずから育ったものなのか、当時も今も、私はその藤の花の由来を知らない。しかしその花や、それが咲いていたあたりに見え隠れしていた遺構らしきものの存在に、自分がまだこの世にいなかった時代の空気とそこでの家族や先祖の暮らしのありようの一端を垣間見ては、あたりにまだいくらか残って漂う気配を自ずと感じていたようだった。

さまざまな草草が入り交じって生い繁る、自分では到底足を踏み入れることのできない場所だと思える草叢を、ときおりすっかり刈ってくれていたのは、父だった。あのようなところをこのようにきれいにしてみせるというのは、どのようにすればそのようにできるのか、子どもの私にはとてもできないことで、何か偉業が果たされた跡を見るような驚きと感謝をもって、草の刈られた一帯を眺めたりした。そして、刈られた草草の無数の切り口が見えるかのような、ほんの少し前までは草叢であったはずのその場所に目を瞠りつつ、あれほど生い繁って地面を覆い尽くしていたものは、一体どこへいったのだろうと、その行方を思ったりした。

こうしたことはすべて、これまでことさら言語化してもおらず、ただ、そうした感覚、意識、感情のようなものが自らのうちにあったのを、今私が思い返し呼び起こし、ふたたび体感するようにしながら、はじめてこのように言葉にしてみることである。こうして何らかのかたちで記すまでには、一個の人間の体内においても、何十年ものあいだ、それがそこに絶えずあったにもかかわらず、うまく認識したり凝視したり、分析、検証、解明、といったものが逐一はっきりと行われることはなく、したがってその結果や結論も過程や詳細も、把握されたり確認されたりすることはなく、言語化あるいは文章化するなどして明示し記録されるようなこともなかったのである。また、先に述べたようなことは、とくに誰かに話してきかせたり記して読んでもらうような内容ではなく、少なくともこれまではそうした必要に迫られることもなかったために、言語化し文章化するといった作業や工程を行う機会を持ち得ず、ただ私自身のなかに残留していたというわけであった。しかし、それがこれまでのうちにすっかりとは失われずに体内に残留していたということには、自分なりに理由や必然性を感じてもいる。それは、私自身にとって、なぜかとても大切に思われる記憶であり、感覚であり、そのように思える場面や日日の断片の一つ一つであったからである。家の脇にかつて竹が生えていた。そこに生えていた蕗を煮てもらって食べた。家の裏に、草がおそろしいほどに生い繁り、ときにそれはすっかりと刈り去られた。そして草はまた伸びていった。こうしたことをも、人は心に留めて生きている。それぞれの人の身体のなかには、このような、ことさら言葉にもせず、その必要にも迫られず、おもてにも出さずあらわさないようなものが、数え切れぬほど、またそれぞれになど切り分けられもしないほど、さまざまに詰まっているのではないだろうか。ときには自分自身でもそれに気づかず、それがあることをほとんど気にも留めないまま、しかしずっとその人の身体のなかに残り、日日や自他に作用し続けているものが。

草叢のすぐ向こうには、以前は田んぼへ注ぐ用水路であったせせらぎがあり、そのあたりからやってきたらしい蛍が家へ入ってきたこともあった。蚊や灯虫やげじげじやむかでやかめ虫や蟻や蛾やてんとう虫やかえるやとかげやそのほかにも数多くの生きものたちが、人間が暮らすためにそこに建てて棲んでいる家のなかにも、おそらくはそれとは知らず気づかず、または そうしたことには構いもせず、しばしば隔てや境を越えて、互いに言葉もことわりもなく出入りした。もとは竹が生えていたあたりに、いつか人間が家を建てて棲みはじめた。竹が生える前は、そこは何であっただろう。さまざまな生きものが、その家があるわずかな空間において さえ、いつからかそのときどきに、入れ替わり立ち替わり、ともに息づき、ときに共存し得ず、それぞれに日日の暮らしを模索しながら、絶えず無事や平穏を願い、それを叶え維持しようと、求めては努めている。

よくわからない、不可解な一角であり一帯であるとも漠然と感じながら畏れては惹かれていた、私にとってはおそらくこの世の入り口でもあって長い通路でもあり深い宇宙でもあり続けている生家とその周辺は、ほんのわずかばかりの時空ではあれ、私の今に直結しつつ、どこにでも通じ繋がっている場所でありまたそういう場所であったのだと、今は知る。かつてそこに暮らした人や生きものたちの存在や生活の痕跡を、当時を知らぬのちの者には必ずしもよくわかるものではない姿でその一端をのぞかせる遺構も見え隠れするなかで、空気や湿気や風や露や声のふるえや葉擦れを起こし、それらを響かせ合いながらあたりに満ちては流動し続けるものがある。私が畏れつつも無性に愛おしく懐かしく侘しく寂しく切なく感じまた憧れているのは、そうしたものをとどめて満たす、あの一帯であるとも思える。そしてそこに満ちて広がるものこそが、自分にとっての詩や文学の源泉であり根源ともなるものであり、それらの元素とも最重要成分とも言えるようなものを含み、絶えずそれを湧き出し吐き出し放出しては、一帯に充満させ流転させる、いわばこの世の源とも言えるものでもあったのだということに、今にして気づく。

見えそうで見えない、見えないようで見えてくるもの。それが、ときに鬱蒼と繁り、ときにすっきりさっぱりと刈り去られもする草叢から立ちのぼる草いきれのうちにも満ちるものであり、葉を落とした木木や、常緑の葉を照らせる木、または枯れ草や枯れ枝や落ち葉や花や実、そしてそれらの上や下やあいだに籠もり潜み眠るものたちの存在や息吹からも、どこをどう区切ることも限ることもできない、もはや無限と言うよりほかない広がりをもつところから、絶え間なく発せられ、浴びせられるものに、今なお浴し続けているのを、胸に感ずる。

この家とは細い通路をはさんで隣にあった家に、かつておばあさんが一人で棲んでおられた。私の祖母ではない。私は、小さい頃、自分の家の畑ばかりではなく、このおばあさんの家の庭に入って行くのがすきだった。今でもその家や庭や菜園のことは、しばしば脳裏に浮かんでくる。その庭と細い通路のあいだには、常緑の葉を繁らせる生垣があった。つやつやと光るその葉を一枚ちぎって細い筒状に丸めて、笛を作るのがおもしろかった。それは誰が教えてくれたことだったのか。その家のおばあさんだったようにも思えるが、はっきりした記憶ではない。しかし、それは誰かが教えてくれたことなのだ。私はその葉笛をあまりうまく吹けたためしがなかったような気がする。それでも、それがうまく鳴っている音が、今もこの耳の奥にはきこえてくる。それはきっと誰かが吹いている音なのだ。けれども、その笛を吹いて音が鳴るときの、葉の筒の震えの応えと響き、そしてそれがうまく得られないときの、すかすかした葉の筒の応えのなさと、洩れ落ちる息という風のかすれ、そのどちらの体感も、私のなかには残っている。記憶よりも、感触のほうが、ときに確かなものとして身体には残っているものなのかもしれない。これはいつまでここに残しておくことができるのだろうか。

ここまでに記してきた竹藪の名残の一角も、あのときの斜面を覆う草叢も、そこに見え隠れしていた古い遺構も、隣の家もその庭も生垣も、同じ場所には今はもうない。解かれたり、除かれたり、地形が変わったりして、同じ姿やかたちはもうそこにはとどめていない。にもかかわらず、その地から離れたところにある私のおそらく頭のなかには、それが今なお息づいている。これは実際にはどこにあるものなのだろう。記憶や意識や感覚もまた、いつまでも同じありようを一つところにはとどめていない。次第に忘れ、不確かになり、ともするといつしかべつの姿やかたちをとっていく。自分が忘れていることを、それを忘れているとも知らずに過ごし、長い時を経てふいに思いがけず古《いにしえ》がよみがえり、まだそれが失われてはいなかったことに気づき驚くことがある。何かをきっかけにして、ふと思い出す。ぼんやりと、あるいは鮮やかに。そこにふたたび血が通いだし、新たにめぐってくるように、じんわりと浮かび上がってくるかすかでほのかな記憶や情景や感覚というものが、この世にはありもするのだということを、この頃になってからこそ、私はたびたび知るようになった。

この世にて、触れ、感じ、考えたこと。その記憶や記録の一部が、ここにはある。この世にて出会った、人、本、もの、こと、日日、風景、場所、言葉――。本書には、そうしたものに関する文章が集まった。

第一詩集と第二詩集を二〇〇一年に刊行したのちの、二〇〇二年から二〇一九年までのおよそ十八年間に、雑誌や新聞等に発表した文章から成る。エッセイや書評など、いずれも機会をもらってそのたびに書いてきたものだ。テーマや字数の枠をはじめとする諸諸の形式や目処や期限といった要素、すなわち問いかけこそが、これらの文章を私から引き出し導き書かせてくれた。そのようにして、折に触れてぽつりぽつりと書き綴ってきたもののうちから、いくつかをここに集めて一冊とした。

私はこれまで、詩や小説という「創作」のかたちをとる「作品」を書くことに取り組んできた。ここに収録した文章は、いずれもそうした「創作」や「虚構」「フィクション」ではないことを前提とした書き物となる。それは、一作ごとに語り手や主人公や視点や登場人物や、時代や時空や次元といった舞台が異なるものともなり得る詩や小説などの「フィクション」の表現とは、その主体もベースも内容も、大きく違うものとなる。

日頃、詩や小説という機構を通して虚構の世界に意識を注ぎ、いわば「その世」のすがたやありようをつぶさに視て書き写そうと努めることを主とするなかで、虚構を含まないことを前提とするこれらの文章を書くときに、私がいつも強く意識していたのは、自分がどこにいるのか、ということだった。詩や小説というかたちで虚構の世界を見つめ、それを描いているときも、生身の自分がいるのは「この世」であり、「現実」であり、「社会」であり「日常」である。またそこで描く「虚構」の世界、言うなれば「その世」も、つまりは「この世」のうちにある。そうしたことを、私はしばしば自分に知らせ、言いきかせながら確認しつつ、ここに集めた文章を書いてきた。それはいつもとても難しかった。この世にあることの難しさであるとも感じた。

人がこの世で言葉を遣い、また記すとき、いつも無数の選択肢からその都度ただ一つを選んでいる。言葉を用いることは、絶え間ない選択の連続だ。それはただ一人で行うときもあれば、誰かと協力して行うこともある。「自分の言葉」と言えるものは、私にはないと常常感ずる。果ての見えない広い時間と空間で、はるかな時代から伝えられ、またこの先へと渡していく、大きな共有財産を皆が一時託され貸与され、常にそこから借り出したものを遣っている。私が所有する言葉は一つもなく、ただ私が遣う言葉があるだけだ。遣った言葉は自他に作用し、またもとのところへ返っていく。その取り扱いは、とても難しく、おそろしい。言葉の力を畏れつつ、その恩恵をこうむって、わずかにながらも読み書き話し、ものやことや思いを互いに伝え合うことができるよろこびを噛み締める。言葉を用い、それとともに生きることは、この世で与えられた恵みの一つであると思う。それは自ずから、いつでも当然のごとくあるものではない。いつか誰かや誰かがどこかで生み出し、伝え、広げ、整え、潤し、守り、摑んできてくれたものだろう。今そこに自分は関わっている。言葉を遣う誰もがそうだ。

　言葉にならない、ということのもどかしさ、やるせなさ、切なさが、強烈で深い体験や印象となり、自分を今へといざないはこんできたようにも思う。折折に見聞きしたことや思いが胸に湧き、それが言語化できるものであるのかどうかもわからぬままに、不安で不明なものを抱えて居たたまれなかった幼い頃の心もとなさが下地をつくり、今へと駆り立て促してきたのではなかったかとも。言葉を最も切実に必要としていたのは、年を経た今のようには言葉を持たず、今ほどにはそれを遣うことができなかった、子どもの頃のことではなかったか。そのようにも振り返る一方、しかし今このときも、言葉の問題に直面し、それをめぐって難渋している。

　あのときもどのときも、言葉を求め、言葉に迷い、言葉に助けられてきた。言葉を扱う自分の心と力の限界と領域を、いつも痛切に思い知る。

　この世にて、考える。何にどう言葉を遣い、用いるか。言葉にできないこと、言葉にしないこと、言葉にしていきたいこと。それらとこれからをめぐって。

この世にて　目次

まえがき　この世にて　1

一、本

文学のつらなり　19／出会いの道　23／強さを養う「あはれ」の文学　28／私の三の酉　32／小泉八雲つれづれ　35／でも橋の上では、ひとり　39／迂遠に立ち向かう喚起の力　44／聞こえてくる声、呼びかける言葉　49／へその緒の温度　54／わらいのなかに遍在する慈しみ　57／揺らぎ散る魂を鎮める書　62／続いてゆく文学と人情　64／本のある世界で　72

二、詩と小説

文学の店　89／風の成分　93／すでに〃そこ〃にあるもの　98／書くからだ　102／詩と小説のあいだで　106／〈偽記憶〉という虚構の真実　111／書き続けること　115／雨垂れを受ける甕　119

三、家と物

私の郷土玩具　127／展望台から　131／ともに過ごす　134／新しい年も　137／青い光　140／漂流物の旅　146／記憶の宝箱　148

四、旅と故郷

旅路と故郷への道のり　153／祖父の話　157／銀鏡神楽　161／松明の火　167／土を捏ねる　170／弓ヶ浜、白兎海岸　173／ありがとう三江線　176／水際の風景　179／火と氷　184／神秘を見つめる日本紀行　186

五、日日

空の海原　191／一番星　195／電車のなかで　198／時空を繋ぐ場所　201／地面と高殿　205／雪の中の悟浄　210／泳ぐ人びと　212／バスに乗って　218／日常という異界　220／魂が語りかけてくる声　222／ともにある年末　224

六、民俗

未知の世界への案内書　229／篝火の宵　233／民話を通して綴る心の歳時記　238／日本の民俗を記録する　240／波間の光景　242／見守り続ける厳しい書　245／縄文時代のかおり　252／蘇る草双紙　259／苦難の結晶　261

七、書評

暗がりを照らす灯　265／窓を開け放つ書　270／土地との交歓により生まれた短編集　273／「命」はどこにあるのか　276／静かな祈りと意志に満ちた作品集　281／ゆるやかにつながりて　284／生きたすべての生命の記録につつまれて　286／生の点滅、導く光　291

あとがき　296

初出一覧　297

この世にて

一、本

文学のつらなり

尾形亀之助のことは、辻潤から教わった。辻潤著作集2『癡人の独語』（オリオン出版社）は、亡き祖父がその最晩年の正月に、炬燵の中で手元に繰っていた。祖父の繰る本の頁には煙草の焼け焦げかお茶のしみのようなものがついていた。私は同じ炬燵に足を入れて、手の甲に筋の浮く祖父から生きていた辻潤の話をきいた。正月が明け、郷里をふたたび離れた私は祖父が繰っていたのと同じ本を訪ねて繰った。その、逆向きに祖父を訪ねるようにして辻潤を訪ねた先で、私は尾形亀之助に出会った。

「最近自分は尾形亀之助から『障子のある家』という薄っぺらな自費出版の散文詩集の寄贈を受けた。それをたいてい毎日一回か二回位手にとって、繙読している。恐らく近頃、この位自分に感興を与えた本はない。最初によんだ時は久しぶりで腹の底から哄笑したほどに自分は愉快にかんじたのである。」

辻潤は、本書と同名の「癡人の独語」というエッセイの中で、このように触れている。この詩集を読んだ辻潤は、「急に彼に遇いたく」なり、友人と二三の人達と一緒に尾形亀之助を訪ねる。が、案の如く彼は引っ越しており、「ガランとした空家にボロボロな紅緒の草履が一足ぬぎすててあるのが眼についた」。それは、詩集の序を読んだ辻潤が、「なんとなく彼がいなくなるような予感がした」という通りのことであった。

「何らの自己の、地上の権利を持たぬ私は第一に全くの住所不定へ。それからその次へ。」

四十二歳になる直前、満四十一歳で亡くなった尾形亀之助は、生涯に三冊の詩集を編んでいた。『障子のある家』は、最後の詩集であり、右はその自序の冒頭の一節である。これに続けて、辻潤はこの詩集のうち幾つかの部分を引用して見せた。それに触れた私は、空いていた穴に引っぱり込まれるように、すぐにでもどうしてもこの詩集の全体が読みたくなっていた。が、そこに辻潤の文章はこう続いた。

「この「障子のある家」――一名「つまず《ママ》く石でもあれば私はそこでころびたい」という厄介な書物は僅かに七十部だけ刷られて友人知己の間にのみ恐らく配付されたものであろうから、勿論、本屋の店頭をいくら探しても見つかるまいし、肝腎の著者が、行方不明なのだから、直接彼のところへ申しこむことも出来はしまい。」

私はこれを聞いて愕然とし、もだえ焦った。が、幸いなことに（こころから幸いなことに）、この時かろうじて唯一、現代詩文庫『尾形亀之助詩集』（思潮社）が残されていた。ここには尾形亀之助の三冊の詩集全篇と、加えて未刊詩篇や詩論の幾つかが収められている。この時の有難さと幸福は、とても一言では言えないものであった。そのままでは消えてしまうかもしれないすぐれたものを、決して埋もれさせずにきちんと本のかたちで伝え続けていくことの重要さを、この時ほど痛感し有難く感じたことはない。僅か七十部刷られて友人知己にのみ配られた、私家版の詩集である。それが、ほとんど七十年の時を経て、まったく縁もゆかりもない者が読むことが出来る仕合わせである。この目立たないささやかな一事が、逆に目には見切れないほどの、漠々とした大きな広がりをもっていった。

尾形亀之助の詩に出会う前は、私はそれまで書いていた詩というものをいつからかむしろ遠ざけ、自らもそこから遠ざかるようになっていた。文章を書こうとしながら、文章にならない自身のことばを忌々しく咎めてばかりいたのだから、そんな次元にあっては、気付かなかったが詩に対して的外れな近親憎悪でも抱いていたのかもしれない。

が、このとき正面衝突みたいにして出会った尾形亀之助の詩は、そんな私に自分の無知をきらきらと知らせてくれた。出会い頭に火花が散り、その火花は枯れることなくちらちらと私の眼前に光った。一篇一篇読むごとに、否、一篇のうちのひとつのことばとその次のことばを読むその間に、その度ごとに火花は眼に光って散るのだった。そのことばを見る（読む）眼が、ちかちかと驚いて点滅するのだった。見たこともないはじめての詩がそこにあった。自分は詩のことを何も知らないのだ、視界に疎ましくちらつく先入観に遮られたその奥には、まだまだ私の知らない面白い詩の世界が茫々と広がっているのだ。ならばもう一度、私も詩を書いてみたい、詩というものがこんなに面白いものなら、もう一度私もやってみたい。そういう気持ちをかき立てられた。

　この出会いのつらなりによってふたたび詩を書きはじめた私は、この力に驚きながら、尾形亀之助の存在をもっと世に知らせたいと思い続けていた。その一環として、私は尾形亀之助の詩集をいつか必ず映画にすることを胸に、シナリオを書く試みもしていた。文学に関わるということは、ただ自分の書くものだけを提示していくということではない。すぐれた文学を、その在り処を、いつでも新しい空気に触れさせるべく、そのつらなりにおいて尽力するということでもあるのだ。

出会いの道

血肉化される文学、というものがある。人間の体は、飲み食いした食物だけで形成されるのではない。文学もまた、血肉化する。

生まれ、育ち、環境、もろもろの因果を含んで、ひとつの人間が出来ている。見て来たもの、為して来たものらが絡まり合い、回転し合ってごろごろと転がっている。道々、いろんなものをくっつけたり、または剝がしたり、或いは欠け、回転がゆるみ、角度がずれ、ごろごろ、こっちの方へ来た、あれ、見知らぬ風景、思わぬところへ出た、意外とうまいものを食った、にがい水を飲んだ、這う這うの体、やがて、辿り着いた、行き当たった、ぴたり。と止まったかに見えたが、やがてまた、ごろごろ、一瞬のことであったなあ、ごろごろ、ごろごろ、いつまで続くのやら、ごろごろ、雷も鳴るわいな、落ちもするわいな、打たれたくはないわいな、ごろごろ、ごろごろ、飲み食い、読み食い、もろもろが人間をかたちづくり、ごろごろの回転の角度を決め、また、人間を進める。

自分の体を眺め直して、それが例えばどんな文学で作られているかを見極めてみるのもおもしろい。もろもろの要素、因果の中でも、まずは取りわけ「文学」に的を絞ってみる。一口に文学と言ってみても、広い。文学はいろいろの要素を含み、覆い、地続きであり、切り離せない。「文学」というものの概念も、人それぞれだ。どんな「文学」を持っているかも、またその人の「ごろごろ」のひとつの途中経過であるとも言えるだろう。この世に一体何人いるかもわからない人間それぞれにおける「文学」を、総じて語ることは難しい。それはそれとしても、まずは「それぞれの文学」さえあれば、その分だけ、「それぞれの体」もあるだろう。

文学作品や、もろもろの書かれた作物は、読めばそれが全て栄養素となり血や肉となるというわけではない。その点は食物と同じである。体内に取り入れても、通過するだけで出ていくものもある。入れようにも、体が受けつけないものもある。歯が立たないものや、好き嫌い、アレルギーもある。栄養たっぷりに体内に残り、大いに血肉と化するものもあれば、漉されてほんのわずかな精髄だけが残る場合もある。体内を浄化するもの、また体質をつくり、或いはつくり変えてしまうものもあるだろう。

取りわけ、すぐれた文学は、往々にして、毒にもなれば、薬にもなるものである。その分、刺激が強過ぎたり、心身にそれなりの負荷がかかることもある。じわじわと効いて来る遅効性のものもあれば、即効薬もある。

梅崎春生の文学もまた、私にとってはそうしたもののひとつだった。

梅崎春生の作品に出会ったのは、大学四年の年の六月だった。その頃既にとあるテーマで卒業論文の仮題目届を提出し終えていたが、私の中ではなおも検討の必要を残したまま、期限に迫られるなかで出したような題目だった。

ちょうどその頃だった。ある日の帰りの電車の中で、偶々読んでいたある評論集の中に、梅崎春生の名前と、「幻化」の引用を見つけ、弾かれるようにしてその足で図書館へと本を探しに行った。幸いにして、梅崎春生の名は書架の文学全集の中にあった。まずは「幻化」を一気に読了し、続けて「風宴」を読んだ。それらは奇しくも、梅崎春生の最後と最初の作品だった。

邂逅の後は、興奮と高揚がなかなかおさまらなかった。私は奮起して、すぐに卒業論文の題目を修正した。自分の無知が恥ずかしく、それに対する強い反省をも含め、卒業論文のテーマは断然梅崎春生しかないと思った。七月には神田の古本街で梅崎春生全集を求めて歩き、別巻を含めた全八冊を二つの紙袋に入れてもらったのを下げて、高ぶる気持ちを押さえ押さえ、地下鉄で帰った。その後はじめて親知らずを抜いたある暑い日の昼にも、近所のパン屋のコロッケパンを食べては、またもくもくと梅崎春生全集を読んでいた場面などを思い出す。

その頃、小説を書くことばかりを思いながら、うまくいかずに悶々とする日々を送っていた私は、梅崎春生の一作一作を読むごとに圧倒され、唸らされ、教えられた。これぞ小説、という、他を引き離した何かを確実に持つ作家であると感じた。鋭く、厳しく、繊細、且つそれゆえに肝の据わった、本気の、命を懸けた「文学」だった。なまぬるさはどこにもない。文体や作風においても、梅崎春生は様々なものを書いて遺したが、たとえどんなに滑稽でユーモラスなものを書いても、そこには必ず鋭利で細やかな、突き刺さるような魂の迫力があった。ぬるいかなしみや感傷をゆるさない、おそるべき真剣味がそこに宿っていた。そうして、見事にそれを、表現し果せていた。

そんな梅崎春生の文学は、私にも自ずと影響を及ぼしてくるものだった。読む者の身内に籠る、宿る、強い文学である。

なかでも、例えば「風宴」の世界は、あまりにも強く私に影響した。「風宴」は、昭和十四年（一九三九年）に「早稲田文学」新人創作特集号に発表された作品である。梅崎春生自身、第三創作集『飢ゑの季節』（講談社、昭和二十三年）のあとがきの中で、こう記している。

〈「風宴」は私にとつて、小説らしい小説をかいた最初の作品である。これ以前は、私は散文詩みたいなものを書いてゐた。そしてそんな傾向に行きつまつた揚句、この「風宴」を書いた。昭和十四年のことである。私は二十五歳になつてゐた。この作品は良かれ悪かれ、私の散文の道をある程度決定した。將來どんな方向に私が行くとしても、私は生涯この「風宴」の影を引きずつて行かねばならぬだらう。〉

自分もこのようなものが書きたい、こんなふうに書けたら、という憧れが、そのまま一種の呪縛となって、その後の私をずっと支配していた。影響力の強い文学は、裏を返せば非常に厄介なものである。身内に飲み込んだ文学に、かえって私は飲み込まれ、とらわれの身となっていた。

しかし、いつしか文学は消化され、体の中を流れはじめる。憧れて何度も繰り返し読んだ「風宴」は、最早自分の血の中に溶け出して流れはじめているようだった。影響は、決して小説そのものの断片やそっくりな一部がそのまま顔を覗かせるようなものではなく、別の人間である私が、新しい別の文学を行うための、その体を構成する一要素となるのだった。血液となって体を循環する要素もあれば、文字通り、肉の一部となるものもある。いずれにせよ、取り込んだものから、精髄だけが、体に残る。体をとらえるものではなくなり、それを動かすものとなる。

大学を卒業する直前、自分の頭髪の中に、毛先約5ミリほどが白髪となっているものが大量に発見され出した。長さから逆算すると、それらはちょうど卒業論文を書いていた頃に相当する一時期に生え出したものであるかと思われた。

あれから数年経った今でも、ふとした時にその名残らしきものが見つかる。それをひとつのしるしとも見て、また先へと道を進んでいく。

強さを養う「あはれ」の文学

生涯に数多くをものした室生犀星の作品のひとつに、「生涯の垣根」（一九五三）という随筆風の小説がある。

「庭というものも、行きつくところに行きつけば、見たいものは整えられた土と垣根だけであった。」

室生犀星の作品を読みはじめて、これが幾つめの作品であったか、この一文からはじまる冒頭部分を読みはじめたときに、何かがぱあっ、と降り解けてくるように感じた。それまでは、その文学に触れては感じ涙となって流れてくるばかりで、一体これはどんなことであり、何をもととするものであるのか、自分自身でもうまく把握出来てはいなかった。しかしこのとき、私ははっきりとそこに何か糸口を見出だしたような気がした。

「彼は土を平手でたたいて見て、ぺたぺたした親しい肉体的な音のするのを愛した。土はしめってはいるが、手の平をよごすようなことはない、そしてこれらの土のどの部分にも、何等かの手入れによって、彼の指さきにふれない土はなかった。土はたたかれ掘り返され、あたたかに取り交ぜられて三十年も、彼の手をくぐりぬけて齢を取っていた。人間の手にふれない土はすさんできめが粗《あら》いが、人の手にふれるごとに土はきめをこまかくするし、そしてつやをふくんで美しく練れて来るのだ。」

室生犀星の文学の特質は、まずはその比類なき感性のきめにあると言えるだろう。他の誰もはじめには持ち得ない、室生犀星だけがはじめに持ち得る、そうして見事に表現にまで成し得た、降るような感性のきめこまやかさである。しかしそのこまやかさは、単なる繊細さとは一線を画す、おおらかでふくよかな、慈愛のこもった「あはれ」である。

室生犀星の作品を知るまでは、私はこれほどまでにゆたかな感性や感覚とその表現があるということを知らなかった。それはおそらく他の誰もが知り得なかったことでもあり、室生犀星の作品を読んだ者だけが、その文学によってはじめて教えられる感覚や感性、そして表現のありようなのであろう。常人の目には見えない、森や心に降るこまかい霧や胞子の粒々、そしてそれよりもさらに小さくはかなく確かでかそけきものまでが、室生犀星のこまやかな感性のきめには掬い取られ、それらを顕微鏡のように、作品を通じて紙の上にうつし出して、私たちの前にあらわしてくれるのだ。作者がこれを感じ、表現に成して示してくれるまでは、私たちはその存在を知り得ず、概念すら持たず感知し得なかったうつくしくいとおしいものを、その在り処を、室生犀星の文学は、ひとつひとつ、その都度はじめて一から教えてくれるのである。

そうしたものを、ひとつでも多くその文学から受け取ることによって、それまでは大きく隙間が空いてた自分自身の粗い篩《ふるい》の目に、少しずつ、縦横に糸を足し渡していけるような気がする。穴の空いたすかすかな網目にも、わずかずつでも修繕や補強を加えていけるとしたら、わが身のきめを、こまやかに、強さのあるものへと、整えていくことが出来るような気がするのである。

感性がこまやかであるということは、しばしば憂きことであるかもしれない。浮世をしのぐことにおいてはなおさら、むしろからからと乾いた目の粗いざるや網で、何事も大まかに捉えてやり過ごしていくことのほうが、易しく快適であるとして選ばれる場合もあるかもしれない。

しかし、室生犀星の文学のこまやかさは、言うまでもなく、ただやみくもに神経を細く鋭く尖らせ過敏にするようなこまかさとは違う。深い悲しみや情けを知る人の、心身のもがきや苦しみ、喜びや怒りや寂しさ愉しさといったあらゆるものやことが入り組み至り込んだところから、強くゆたかに掴み取られ見出だされたものが、その作品を通して、読む者へと力いっぱい届けられるのである。激しく跳ねる巨魚のような力強さとたくましさをもち生命力に満ちあふれ、人生の機微や人心の厚みや温みとともに、それらのけっして一筋縄ではいかない手強さや破《や》れや暴れのしたたかさをも、その文学は丹念に見つめ上げ、手厚くも大胆に描き抜いて、差し出してみせる。情愛や情趣に富み、この世と人の奥深さと底知れなさを思い知りまた思い知らせるその人の文学は、読む者がまだ知らぬ、そして思いもよらぬ、うるわしい輝きや翳りや艶めきをもつ命と心の躍動とその軌跡が描く綾綾を、ありありと生き生きとあらわし伝えて、読んだ者に、そのあとにはすっかりとそれを見知ったものにさせてしまう。

喜怒哀楽、その他さまざまな感情や感性や感覚をわが身に得るということは、それは即ちわが身をたたき耕し練り増していくということでもあるだろう。それにより、心は常にきたえられ掘り起こされ手入れをされて、新しい空気や景色や意識に触れ、そのたびに、きめをこまかくし、つやをふくんで練れてくるのであろう。それは理想論に過ぎないかもしれない。しかし、室生犀星の文学を思うとき、私はこうしたひとつの理《ことわり》を想起する。作品のどこを見ても、目の休む場などないほどに、一文一文、一語一語の味わいが濃く深く弾力をもつ。人の手にふれるごとに土がきめをこまかくしていくように、その作品に触れるごとに、私たちはたたかれ揺さぶられ掘り起こされて、うるおいとも呼べる生気を与えられる。それは、外側からただ一方的に水を注ぎ込むようにしてではなく、読んだ者の内側から、自ずと弾け、湧き出し込み上げてくるものを促し引き出してくれるものだ。そしてそれはいつしかあふれ出し流れはじめる。

室生犀星は、詩人として、作家として、その生涯において詩と小説の両方を手がけ、ともに高く確かな仕事を成した。その意味においても稀有で無二の存在が、数多の作品を通して体現したものは、読む者の生きていく身内にきめという強さを養う、人間を生かす文学であったと、私は感ずる。そのあまりのあまりのゆたかさに、わが身はときにたたきのめされるような思いに打ちひしがれるが、それを超えてはるかに超える、愉しさゆかしさたのもしさに惹きつけられて、そのたびにまた起き上がっては、一層力づけられてしまうのである。

私の三の酉

明け方近く、私はようやく寝床に入ったが、まだ眠ろうとはしていなかった。

枕元に積み上がった本の塔の中程から、だるま落としの要領で一冊を抜き出すと、ひさしぶりに手にするその本をひらいた。

敷布団の上に腹這いになり、掛布団を背中から頭までかぶって、目次からぱらぱらと、どこを目当てにするでもなく頁をめくる。ひらいた頁の上に顔をうつむけ、しばらくの無沙汰を詫びるような気持ちで目礼を続けながら、次つぎと拾い読みをしているうちに、見覚えのあるこんな文章に行き合った。

〈昭和十六年の秋、まる十年の編集者暮らしをやめて、私は、もの書きの生活にはいった。そのとき、私は、お先きまっくらで、文筆業にはいってみたものの、はたして、やってゆけるかどうか、見当はつきかねた。この年の暮れには、太平洋戦争へ突入したのだから、世の中も、重くるしい感じであった。

どこから原稿の依頼が来るはずもなく、これは、とんだことになったと、私は、うろたえて

いた。〉
和田芳恵の遺稿エッセイ集『ひとすじの心』(毎日新聞社)におさめられた、〈私の「一の酉」〉と題されたこの短い随筆には、すでに二箇所、うすい萌黄色の小さな付箋が貼ってあった。ここには、新潮社を辞した年の暮れ、交友のあった武田麟太郎に連れられて、浅草の大鳥神社の一の酉に詣でたことなどが記されていた。付箋は、右に引用した部分と、次の頁に続く、〈私は、この一の酉で、はじめて、熊手というものを買った。〉という一行の上に、貼られていた。無論、以前読んだ際に、私が付けたものだった。
この文章に再会した夜明け前は、すでに日付が変わり、その年の二の酉を過ぎていた。再読するきっかけをつくったのは、前日つまり二の酉の日に、友人から送られてきた郵便物であった。
ポストに届いた定形外の茶封筒をあけると、中には包装紙に包まれたものが入っていた。おもてには、〈びっくりしていただきたいですが…〉とひとこと書いた一筆箋が添えてあった。包みをひらいて、私はあっと声を上げそうになった。中に入っていたのは、和田芳恵の短篇集『接木の台』(河出書房新社)であった。しかし、その単行本を私が持っていることを、友人は知っているはずであった。奇妙に思いながらそっと表紙をひらくと、灰色の見返しに、著者の毛筆署名が入っていた。私は息をのんだ。古書店でたまたまこの署名本を見つけた友人が、和田芳恵の作品を愛読している私に、是非にと贈ってくれたのだった。

私はその年の春、まる九年勤めた先を辞めて、筆一本の生活に入っていた。かたちばかりのことで、私こそ〈はたして、やってゆけるかどうか、見当はつきかね〉ていた。先行きを案じながら、また一年も終わりへと近づいてゆくころ、不思議なタイミングでふたたびこの文章に出会えたことに、私は縁を感じていた。

次の三の酉に、私はひとりで、新宿の花園神社の酉の市に詣でた。先の、付箋を貼った文章に続く、〈武田さんから、最初は、いちばん、小さな熊手を買い、毎年、少しずつ、大きくするものだと教えられて、私は不服だったが、最小のものにした。

家に帰ってから、私は仕事机の上あたりの天井に、熊手を差し込んで、寝床のなかから眺めながらねむった。〉というのを真似て、同じことをしてみたりした。

そのときはじめて買った自分の手よりも小さくかぼそい熊手に、私は何を掻き寄せてもらおうとしていたのか。冷え込む未明に手足を縮こめながら、私はそれを、寝床の中からじっと見つめていた。

小泉八雲つれづれ

小泉八雲（ラフカディオ・ハーン）の随筆「玉の物語」（原題「病理学上のこと」池田雅之編訳『小泉八雲コレクション　虫の音楽家』ちくま文庫所収）は、こうはじまる。

〈私は大変な猫好きである。私が洋の東西を問わず、さまざまな時期に、さまざまな気候風土の下で飼っていた猫たちのことを書いたとしたなら、おそらく大部の書物になることだろう。〉

小泉八雲は、猫にかぎらず、蟻や蜘蛛、蟋蟀や蛙などといった、小さな虫をはじめとする小動物から樹木等に至るまで、生きとし生けるもの、さまざまないのちをいとおしみ、そのいのちのありように愛情深いまなざしを向けたことが知られるが、なかでも猫は、特別な存在であったようである。

彼は二歳になる三毛猫の玉についてしたためる。玉は仔猫のときに小泉家にもらわれてきてから、すでに二度の出産を経験している。初産のときには、すばらしい母親ぶりを発揮して、育児疲れのために痩せ衰えてしまうほどであった。仔猫たちに、身ぎれいにすることや、遊びや狩りなど、あらゆることを全力で教え、やがて仔猫たちのためのおもちゃとして、鼠や蛙、蜥蜴や蝙蝠などを運んでくるようになった。ある晩、どこからか泥だらけのわらじをくわえてきて子らに与えると、仔猫たちはそのわらじで朝まで騒いで遊んだ――といったほほえましい挿話が、前半ではさらりとした、しかし情愛深い筆致で綴られる。

続く後半では、二度目のお産が死産であったことが伝えられる。自らも死にそうであったものの、思いのほか早く回復した玉は、〈明らかに子どもを失ったことに心を痛めている様子であった〉と。しかしその後の玉については、こう記される。〈玉は自分の子どもたちが亡くなったことを憶えていない。玉は自分には子どもがいたはずだとは思っている。仔猫たちが庭に埋められてからだいぶ経った後でも、玉は子どもたちを鳴きながら探しまわっていた。玉は友だちの猫たちにもさかんに愚痴をこぼしていた。私に押し入れや戸棚などを何度も何度も開けさせたが、ようやく自分の子どもは、もはやこの家にはいないことが分かったようであった。もう子どもたちを探しても無駄である、と玉は悟ったのだ。〉

文庫本にしてわずか四頁半ほどの、短い随想である。わたしはこれを繰り返し読んだ。小さな生きものへと注がれた、そのいのちに対するいつくしみのまなざしが、そこはかとないユーモアと哀しみの混ざり合うありさまを、率直に、かつ深く汲み取って、静かに筆に写し取る。この、一見地味に思われる一篇は、とても自然で、やわらかく、日本情緒ともしっとりとなじむものであるように思われる。西洋化に邁進する当時の日本への嘆きと憤りと愛惜の念のこもった、ともすればいくぶん形容過多で、ときに声高であるようにも思われる彼の日本讃美の文章よりも、わたしにはまっすぐに心に沁みた。彼の著述の中でも、とりわけ好きな一篇である。

しかしここで小泉八雲は、たんに自身の猫に対する、あるいは母猫の子に対する情愛の温かさと哀切さを語っているのではない。彼が繰り返し述べてきた、人類を含む動物および森羅万象にも通じるとも言えそうな、〈動物の遺伝的な記憶——つまり、幾百万の生命によって蓄積されてきた経験の記憶〉について感じたことを、切切と綴っているのである。

この一篇を読んで、彼が書いた別の文章の一節をいくつも思い出した。たとえば、〈そもそも、人間の感情とはいったい何であろうか。それは私にもわからないが、それが、私の人生よりもずっと古い何かであることは感じる。感情とは、どこかの場所や時を特定するものではなく、この宇宙の太陽の下で、生きとし生けるものの万物の喜びや悲しみに共振するものではないだろうか。〉(ラフカディオ・ハーン「盆踊り」池田雅之訳『新編 日本の面影』角川ソフィア文庫所収)などといったものを。

怪談やさびしい墓地を好み、化物屋敷を〈面白いの家〉と言ってつよい関心を示す小泉八雲であったが、彼はただそういったこの世ならぬもの——幽霊や幻想や奇談の類——を興がったわけではなく、切実で抜き差しならないこの世の今を生きながら、現在に受け継がれ、また未来へとつながっていく、太古から連綿とそして粛粛と伝え遺されてゆく「なにものか」のありようとそのすがたに思いを馳せ、耳を澄まし、見極めようとつとめた人であっただろう。その胸に燃える、ある意味ではほとんどつよすぎるまでの人間愛・生命愛にあふれた人物であったからこそ果たし得た、その数数の業績は、少なからぬ批判や指摘を受けながらも、今なお多くの読者を魅了し、影響を与え続けているのである。

日本文化をこよなく愛し、いのちあるもの・なきものへの慈愛に満ちた美しい心の持ち主――などと小泉八雲を美化するのはあたらないだろう。心根のよい人ではあっただろうが、おそらくその心中には計り知れぬ屈託が渦巻き、常に何かとたたかっていたのであろう。いわゆる「ヘルンさん言葉」で家族や知人らと話す彼の横顔を伝えるエピソードからは、ほほえましく愛すべき人柄ばかりが感じられるが、しばしばユーモラスにさえ見えるその真摯で実直な言動のうちには、必死さや切実さ、苦悩といたたまれなさ、飽くなき憧憬と熱望、憤りや失望、強烈な愛と身勝手と憐情……などといった、さまざまな要素があふれかえっていたことだろうと察せられる。それらを抱えて漂泊する一個の魂の孤独と自由を慮《おもんばか》る。

でも橋の上では、ひとり

荒川洋治氏の最新詩集『北山十八間戸《きたやまじゅうはっけんこ》』（気争社、二〇一六）は、二〇一〇年一月から二〇一六年四月に発表された作品十六編を収録する。前作『実視連星』（思潮社、二〇〇九）から七年ぶりとなるこの詩集は、現時点における作者の到達点を示すものであると同時に、この先へと続く詩業において重要な一作としても意義をもつ。

発表する作品ごと、また詩集ごとに、荒川洋治氏は詩作のスタイルに変化を見せてきた。その変遷と過程は、大きな転換と映る局面もあれば、グラデーションを描くような移り変わりもある。いずれの時期においても、作者独自の詩風が打ち出され、第一詩集から最新詩集まで、個個の作品や詩集は一本の太く強い芯によって貫かれている。その活動の展開に見られる推移のさまは、荒川洋治氏が詩を自らの軸に据えながら、時代時代において常に幅広い視野をもち、詩と隣接し、ときに垣や溝や境を挟みつつも地続きとなる分野——短歌・俳句を含む詩歌全般、小説、エッセイ、評論など——すなわち「文学」全体を意識し見渡すことによって、自身の詩作のみならず詩の世界全体に新しい風を吹き込む努力と試みを重ねてきたことを映し出している。ジャンル相互の、また読み手と書き手が互いに連関し合ってはじめて成り立つ文学全体において、とりわけ自身が活動の中心とする詩の世界の活性化と進展を図り促してきた荒川洋治氏は、革新的なものへの探究心を絶やさず、現状への問題意識をもって事にあたる姿勢と緊張をゆるめない。詩の現場において、特異な存在感を示しつつ、常に高く上げた視線を縦横に走らせ、これまでと現在、そしてこの先へと目を配る。詩全体のために尽力し奔走し続け、詩と散文を行き来しつつまた同時に手がける多彩な活動が積み重ねられた上に、今度の詩集は実った。

『北山十八間戸』。このタイトルにまず心を摑まれる。表題作が発表された際に読んで受けた印象は深く、黒い木の枝が胸に突き刺さったように感じたのを思い出せる。そしてこの詩集を繰り返し通読した今もなお、かつての枝がまだ突き刺さったままであるようにも、また読むたびに新たな枝が突き刺さるようにも感じ、何度でも揺さぶられる。

表題作は、鎌倉期の僧・忍性が創建したとされる救済施設「北山十八間戸」をモチーフとし主軸とするが、作品は、それにまつわる社会的歴史的意味や背景、事実関係や道義などをめぐって作者あるいは語り手の意見や主張を織り込み訴えようとするものではないように見える。もちろん、そうしたところに関連する意識や要素を作者が全くもっていなかったとしたら、こうした詩はそもそも書かれてはいなかっただろう。しかし、この詩がここで行っているのは、この重さをもったモチーフに、あるとき触れて何事かを感じ喚起された一人の詩人の直感と感性によって摑み取られた風景と感情を示し伝えることである。それを読み取り感受した人それぞれが、ここに描き出されたものを頼りに、また契機や端緒として、そこからさまざまな方向におのおのの心を動かしていくことになる。そうした役割、はたらきを、この詩は淡淡と担い、粛粛と遂行している。それは表題作ばかりではなく、本詩集に収録されたすべての作品について言える。

『北山十八間戸』は、前詩集までに比べ、全体的に言葉の分量、トーン、調子がいずれもおさえられ、より引き締められているという印象をもつ。それでいて、たとえば〝一切の無駄を排除し、極限まで切り詰められ削ぎ落とされた〟――といった形容がふさわしいとは思われない。それぞれの作品は、一言一句ゆるがせにしない作者の研ぎ澄まされた感覚と決断によって選び抜かれた言葉で構成されるが、その表現と詩境は、決して痩せ細ったものではない。張り詰めた空気を漂わせる作品のなかには、あるふくよかさ、淡さ、やわらかみが見られ、かつその芯にはブレや隙や緩れがなく、底知れない奥行と凄味を放っている。作者のセンスと技術によって絶妙な加減とコントロールが施され、詩はその一編一編において、厳しさとこまやかさを内に満たしたゆとりある美しい詩語の流れをあらわし、独特の節回しで、雄雄しくも切ない調べを響かせている。その音声《おんじょう》は静かに轟き、余韻は深い。

荒川洋治氏の詩について、私はこれまで、おもにその「文字」を目で読み、黙読してきたが、今度の詩集は自然と音読したくなり、そうすることによって得るもの受け取るものがさらに広がり強まったようにも感じている。詩集をひらき、最初の一編「赤砂」から、声に出して読む。〈夜明け方／家並の向こう／二キロほどのところに〉……。文字にあらわれる語り手あるいは作者の声と、それを音読する私の声は、一致するものではないだろう。しかしそこで生じる想像の上での奇妙なずれが、かえって無二の不思議な詩の空間を生み出し、それが私自身の、自分だけの読みを新たにつくり、それをゆるすものともなっていく。

本詩集には、〈家〉〈家並〉〈隣家〉などへの意識、まなざしが、繰り返しあらわされている。詩集の題名もまた、十八戸の室を備えた棟割長屋の構えをもつ施設の名による。集中には、〈家〉に通じるものとしても、またそこから離れ、対極へ向かうものとしても象徴的な〈道〉（〈路〉〈道路〉〈通路〉）という語も頻出する。歴史的地理的社会的文学的……とさまざまな要素をはらむモチーフを用いながら、時間と空間を広く見通し、個人や自己を中心とするものばかりでなく、それに隣接するものや周辺を含む社会へと意識が及び、其処此処で行き合う並列するものと〈直列する〉ものとを眺め見極めようと五感をはたらかせ続ける作者の鋭敏な動きが、この詩集からは感じ取られる。本来は地続きでありつながっているかもしれぬもののあいだを仕切り隔てる垣や溝や境の類を、〈なんでもいい、／少しだけ無理をする人になりたいね／ほら、このように少しだけ先へ〉（「友垣」）と、ときに結び、払い、越えようとも努めるひたむきな思いにも通じるような、心根のありようも。

作品はすべてフィクションとして理解するが、それぞれの詩からは、作者の心象と輪郭がにじみ浮かび上がる。〈「忍性はでかけています。／いつもの橋の上です。／いなかから人が出てきたから。／でも橋の上では、ひとりです。」／の立て札が夢の土に浮かび〉と記される作中の〈忍性〉のたたずまいが、〈話にならない一角／魅力も特徴も性格もない一角で　位置につ〉き、〈エンジン〉を鳴りひびかせて〈不屈の位置につく〉詩人、荒川洋治氏のすがたと重なる。〈エンジンについて。／表現の組成要素について。〉すなわち人の心について。そのありようとしくみや動き、それに関わる表現について、絶えず思いをめぐらせ、〈誰の写真のなかへも入らない　選ばれない／事実にもいれにくい／背景ともなれない／そんな変哲のない一角〉を心にとどめては、その特質や美点を見抜きあたため、そこにあるさびしさわびしさやるせなさに宿る輝きを、決して損なうことなく詩にうつし取ってはなやぎをもたせる。世のただなかにあって、どこにも属さず、どこからも離れた、誰のものでもなくあちらでもこちらでもない空間としての〈橋の上〉。そこは道の途中であり、境界であり中空でもある。その一種のアジールとも聖域とも言える場所で、荒川洋治氏は孤高の厳しいたたかいを続けているのだろうと思える。そこから放たれる詩の力を、これからも受け取っていきたい。

迂遠に立ち向かう喚起の力

雨上がりの夜空を見上げると、そこは漆黒ではなくほんのり赤味をおびた、透明度のない分厚い暗灰色に覆われていた。雑踏の中を歩きつつ、道の片側に寄って仰ぎ見ながら目を凝らすと、うっすらと白い雲が滲みだすように浮かんでは流れている。星は見えない。月もまたしかり。断続的に降り続いた雨がようやく上がった街は、どこか少しはなやぎを見せているようだった。一方、各地では深刻な雨の被害が出ていることが知らされていた。半袖から出た二の腕に、肌寒さに似たすずしさを覚えて手のひらをあてる。こんなとき、本書の著者ならばどのように考えられるのか、その意見を頼るように求める気持ちがはたらいていた。

竹西寛子著『「いとおしい」という言葉』（青土社、二〇〇六）は、「ユリイカ」に現在も連載中の著者の随想「耳目抄」の第二二〇回から二五一回までを収録する。同連載をまとめたものとしては九冊目となる随想集である。

本書のタイトルともなっている同名の一編の中で、イラクの現状を伝えようと若い甥を伴って現地に入り、襲撃され、殺害されたフリー・ジャーナリスト橋田信介氏の妻幸子さんの言葉に、著者は、つよく心を動かされる。〈「かなりひどい遺体でしたが、実際にこの目で見ていとおしく思いました」〉という妻の発言に対して、著者は、彼女の〈冷静が包み込んでいる優しさ〉を痛切に感じて、こう述べる。〈「いとしく」ではない。「いとおしく」なのである。そこには、夫のあわれに対する自分の一方的な感情だけでなく、相手への思い遣りの深さがあり、信頼も敬意もこめられている単純ならざる感情だと思った。〉

そこからは、発せられることばと、受けとめられることばとの間の、抜き差しならない緊張と理解の関係が見て取られ、ことばというものは、石礫のように、誰が、どこから、どう投げても、同じかたちと意味を持って時空を往来するものではないのだということを、いまさらのようにあらためて知らされ、ことばに対する畏怖や畏敬の念を、あらたにさせられる。

また著者は、〈喚起力〉ということの大事について、いくつもの随想の中で繰り返し説く。「喚起する力」と題する一編の中では、春の花々の開花に揺れうごく人々の心象から、金融機関や企業の合併統合、郵政民営化の動きなどに触れ、同窓会の点描を経て、皇居のお濠端、大手門入口の枝垂桜へと話は移る。そして、著者のしなやかな筆はそのほかにも様々なことに言及しながら、やがて飯田龍太の随想の喚起力について思考しつつこう綴る。

〈喚起力と説得力の二つは文章が持つべきものとして、自力を超えることであっても、心がけてはいる。けれども、そうなるにはそうなるべき土台つくりの訓練も必要なので、いつも積み残しの感覚が残る。〉〈喚起力に空白は不可欠である。ただし、この空白は充実の別の相であって、充実の伴わない空白は文章の力とはなり得ない。饒舌の虚しさを凌ぐことも出来ない。充実の直感的な働きがおのずから選ぶ表現の空白が、穏やかに発言し続ける文章の魅力は、読み返す度に新しい。充実は時に深い沈黙を求め、時に又静寂の声となる。〉

そして随想はふたたび大手門入口の枝垂桜にいきあたる。その年はじめての桜の花を目にした日、大手門の一の門と、渡櫓《わたりやぐら》の二の門との間にある方形の空地、枡形《ますがた》に立って空を仰いだまま、戸惑うような静寂の中で、著者はその場を動けなかった。

〈元来、枡形は、敵襲に備え、城内への敵方の進攻を鈍らせるために考えられた防ぎのつくりだと聞いている。ここに立ち入るや忽ち動けなくなった私は、すんなりとその意図にはめられたとも言える。枡形にいて、濠を隔てた表通りの車の疾走とは凡そ無縁な時空に呪縛されそうになりながら、しかしこの時空が、受身の私を徐に能動の私に変えようと喚起しているのに気づいた。〉〈静寂に戸惑わせる何かが、同時に、目を逸していたものを押し出すようにして迫ってくる。自分を分散に逃さないためには、時に、あえて枡形をつくってそこに入る必要があるかもしれない。〉

これらの〈喚起力〉について語る著者の鮮烈な文章が、かえって思いもかけない方向から、つよい喚起の力を読者におよぼす。

四季折々、日常の中に花鳥風月を見、それらをこまやかに筆で写しとりつつ、人の琴線に触れてやまないその文章の源にある、著者の日常生活のゆたかさにしばし思いを馳せる。深い知性と研ぎ澄まされた感性、すぐれて高潔な文章は、著者そのひとの品格をしずかに感じさせる。著者が丹誠込めて育てるベランダの植物たちが、その随想に季節のいろどりや息吹きを添えて筆に還ってくるめぐり合わせは、けっして降って湧いた僥倖ではなく、著者の日常の心身のちょう、用いようから、その賜物としてささやかに得られる結果であるにちがいない。

日常の暮らしの中の様々な機微や事柄に触れ、「物」や「言」に感じては、それらを糸口として、古典をはじめとする数々の文学作品や、ことば、日本語、為政、戦争、広島、教育……など、その流れを予測出来ないしなやかさで、種々の物事へと随想はおよんでいく。そうして綴られていく著者の透徹した文章は、行を追うごとに、読む者のからだに杭を打ち込み、そのひとの中におのずから芯を養う。そして、うなだれていた頭を上げさせ、曲がった背筋をまっすぐに伸ばす。著者のことばの力は、読者の鈍った五感や心をかき起こし、眠っている底力を呼び覚ます。

随想の中にあらわれる、著者の凛とした強い意志や姿勢に、思考力や想像力、そして何よりそれを支える勇気と根気の必要とを教えられ、釈然としない自らの思いや不安にも、けっしてそれを回避せずに、向き合っていくことの大切さに気づかされる。

一日一日、日々の暮らしの大切さがともすれば疎かにされ、当たり前のことが、当たり前ではなくなりかけているという世の中の現状は、遺憾に思うばかりのものでなく、自らにとっても耳が痛いことであるという事実は否めない。ベランダでおなかを上にして踠いている蝉にそっと指先を添えてやる著者の、その心のありかたを示すまなざしや姿勢に学びつつ、迂遠をおそれず、厭わず、それに向き合って進んで行くための力を養う必要のある一人一人にとって、本書は必読の書であるとつよく感じた。

聞こえてくる声、呼びかける言葉

今年四月に逝去された小川国夫氏の遺作となる短篇小説集『止島《とめじま》』（講談社、二〇〇八）は、表題作を含む十の作品を収録する。

〈本堂の雨戸をしめていましたです。〉

という、うつくしくもかなしい一文からはじまる「葦枯れて」が冒頭に置かれる。あるいくさから落ちのびてきた〈渕江多與右衛門《ふちえだ》〉が、旧知の僧のいる寺へ忍び込んでくる。打ちひしがれた彼を受け入れ、その胸中を思い、いたわりの心で見つめる僧〈叟岳〉の語りで、物語はすすめられる。

もとは同じ茶碗でめしを食べ、一緒に遊び育った仲間が、やがてべつべつの主の下で仇同士となって戦ういくさ。その果てに、功名心に目のくらんだ相手に勝負を挑まれ、與右衛門はついに幼なじみの〈ションジイ〉こと庄二を槍で突いて殺めてしまう。喉を突かれたションジイが倒れ込んだのは、葦の下であった。

〈ションジイ、お前とはよく小川や田圃で遊んだ。葦の中へも入って行った。すると鉄色の源五郎が、蛙に抱きついて、白く柔らかな腹を鎌で裂いた。おれは今ここで、同じことをお前にしてしまった。一番親しい連れを、こうしてばらしてしまった。〉

與右衛門は、〈この思いが、消えて気が晴れる日はもう来ないだろう〉と感じ、海を見つめて波の音のなかに聞こえる自分の声に耳を澄ます。のちに彼は父親から、没落が見えている今の主から別の主へ奉公を変えるよう説かれるが、それをにわかには受け入れがたい葛藤があり、五日間ほしいと告げて、富士川のくまの小屋へ入っていく。

〈昼は遠目に、葦のなかを動いている姿が見えましたし、夜は焚火が見えました。何を考えているのか。もどかしくもあり、やつの気持を察すると、悲しかったですに。〉とそのときの様子を叟岳に語る彼の父の言葉が、胸を切るように迫ってきて、はなれない。與右衛門はやがて、その葦のなかで、仇討ちにきた庄二の兄らに鉄砲でうち殺される。

本作に滲みひろがるかなしみは深い。それは、切なさ、やり切れなさ、憤りにも満ちていながら、それらを包括する、より大きないつくしみ、いとおしみの心におおわれたものである。「感動」などという一語ではとても言いあらわせないものが、作品のなかには沁み渡っている。

表題作「止島」では、竹林の隠居所に住まう夫婦が、最愛の孫を疫痢にかからせてしまう。自責の念に駆られた祖母の〈おこうさん〉が、懸命に孫の看病をするうち、自らも赤痢にかかってしまい、回復するも肺炎にかかって亡くなり、その後夫も亡くなるまでが描かれる。しかし本作もまた、他の収録作品と同様、話のすじを追うことでその魅力や滋味深さを語り得るものではない。

それは小川国夫作品のいずれについても言えることであろう。作中に書かれた言葉、文章のありよう、それらがもつ動かしがたいたたずまいから、得も言われぬ人の思いやその姿が描き出される。苦悩の底に、慈愛をたたえた透徹したまなざし。それをもって自己や対象をきびしくやさしく見つめる著者の目は、登場人物たちの抱える切なさやかなしみをおごそかに見取って、そこに映るありさまを、削ぎ落とされ、切りつめられた文章で写し取る。硬質といわれるその格調高い文章、文体は、迷い苦しみ、彷徨を続ける著者自身の魂の姿、考えに考え抜いた果てにさらに道を求めてやまない精神活動の結晶の紋にも見える。このような求道的な姿勢で見つめ聞いた目が耳が写し取った作品に向き合う側にも、ある心得が必要となると感ぜられる。それは決して強要されるものではない。おのずから、自らに養いたいと求めずにはいられないものである。

本書に収められた十篇のうち、最も早い時期に書かれた「母さん、教えてくれ」をのぞくすべてが、後期小川国夫作品の特徴となる「です・ます」調の敬体で書かれている。この文体は、本来の硬質な文章や内容に、やわらかみや、親しみ深さをあたえ、同時に、ゆるみなく律された得がたい調子をはらんで必然性を感じさせる。読む者に直接語りかけるようなその声に耳を澄ませているうちに、語られる言葉のひとことひとこと、文章のひとつひとつが、胸に沁み、内奥へと深く濃くひろがってゆく。

作品はいずれも、懐かしく慕わしい故人への想いを核とし、彼ら彼女らとの遣り取りが、物語へと結実しているものといえる。「未完の少年像」では、ほとんど著者そのひととおぼしき作中人物の〈私〉が、とある施設で職員に文学談義をおこない、かつて故郷の町で出会った特攻隊長が自分に敬礼してかけてくれた言葉をあげて、次のように語る。

〈私たちの世代は、言葉を問題にする時、特攻隊の言葉を採りあげなければなりません。これは宿命です。矛盾する二つの言葉が、さまざまに響き合って、一つの肉体を苛んでいるのです。一つの言葉の表と裏なのか、それとも、外から入りこもうとする言葉を、内なる反対語が排撃しようとしているのか。〉

ここで語られている言葉は、小川国夫作品の特色においても成り立ちにおいても、重要なことをあらわしている。〈私〉はさらにこう続ける。

〈ここで是非触れておきたいのは、死者にあてて文章を書くことです。死者も読者であり得るでしょうか。言うまでもなく、あり得ます。〉〈私は自分で喋るよりも、主として相手に質問するでしょう。相手の言葉を呼び出そうとして、それから耳を澄ますのです。相手の渋谷少尉は、君の言葉は私の目にも、耳にもとどかない、と言っているのかもしれません。しかし、その気になって働きかければ、返事を引き出せると私は思っているのです。そして少尉の声が聞こえたと思ったら、それを右から左に原稿用紙に写せばいいのです。このようにして、小説家は亡くなった友達とやり取りができる、と私は信じています。聞こえるのは相手の声ですから、

私がこしらえた言葉ではありません。〉

澄ませた耳は、自分にとって都合のいい言葉を聞き出そうとしているのではない。相手がほんとうに吐く言葉を、息をつめるようにして待ち望み、探し求めているのである。

本書のすばらしさ、作品への感動を、私が最もつよく伝えたいのは誰なのか。それは著者その人ではないか。一読者に過ぎない自分にとって、作品を通してしか通う道はないとしても、それがすでに与えられていることを、私はありがたいと感謝せずにはいられない。これからも、小川国夫作品から教わったことを胸に抱き、偲びながら、心のなかで、著者に呼びかけてゆくだろう。

へその緒の温度

織田作之助、稲垣足穂、宮沢賢治、佐藤春夫、石川淳……。池内紀著『作家のへその緒』（新潮社、二〇一一）では、著者がながらく親しんできたという十二人の作家、詩人、歌人が取り上げられる。

作者と作品のあいだに繰り返しあらわれるもの、各人の出自やその後の経歴等に付随して見え隠れする、独特の感覚を含む根源的な「何か」に、著者は注目する。〈曖昧なあるものを名づけることによって、人と作品の連続体のなかに一つの切れ目を入れてみた。切れ目を通して、たえず生成したものがより明確に見えてこないか〉。各々の原点につながるキーワードとも言い得るものを見出し、それを切り口として、〈それぞれ物語や詩や歌の誕生を促したものは、何だったか〉に迫り、〈創造のへその緒〉をさぐってゆく。

本書について著者は、〈十二の深海魚をめぐり、十二の魚類画を描いたのに似ているだろう〉と述べる。強烈で独特な個性と表現力を持った面々を、風変わりで特異な能力と姿かたちを持った〈深海魚〉になぞらえて。たしかにここで行われるのは、それらを俎上に載せてぶった切るようなことではない。著者はいずれの対象にも、敬愛の念をこめて適切な距離と温度を保ちながら、ひとりひとりの表情と、比類ないその活動の軌跡を、丁寧に追い、描いてゆく。人と作品を見つめるまなざしは、鋭くもやわらかい。寄りすぎず、突き放さない、柔軟でユーモアを帯びる筆の運びは、説得力を持ち読む者に安心感と信頼を与えて、ごく自然なかたちで十二人の魅力的な世界へと導いてゆく。読む先から、取り上げられた作家と作品に触れたくなり、触れ直したくなる。それまでのなじみの有無や、好みや関心のあり方などにかかわらず、彼らと作品について、ここであらたに、そしてあらためて魅了されることは、本書の読者にもたらされる大きな恵みであり幸いである。本書は読者を頁の中に留まらせるのではなく、むしろさらなる場所へと送り出す。一冊の読書を幾層倍にも豊かで実り多いものへとつなげてくれる。

収められているのは、二〇〇八年から二〇一〇年にかけて「新潮」に連載されたものであるが、現在あらためて通読すると、複数の章において鍵ともなる、関東大震災（一九二三年）に関する記述に目と思いがとまる。当時の文学者たちの動向については、読む側の意識や関心も、少し前までとはおのずと異なる。その時彼らはどのように動き、影響はどのように及んだか。十二人の生没年を確かめると、関東大震災以降に生まれた開高健を除く全員が、その時代を生きていた。生粋の東京人であった谷崎潤一郎は、震災にあって関西に移り住み、「蘆刈《あしかり》」や「卍《まんじ》」など、以前とは作風も言語表現も異なる作品を書いた。与謝野晶子は被災直後の潰滅的な状況下でも、〈時代の証言者〉として歌を詠み続けた。〈日記の役割とともにスナップ写真のような証言性〉を帯びてくる歌の数々。『源氏物語』現代語訳の原稿数千枚は灰燼に帰した。山本周五郎は、震災直後に神戸に避難し、三年後に「須磨寺附近」を書いてデビューする。帰京を経て浦安に住んだことから、『青べか日記』や『青べか物語』は生まれた。

時代時代で、どのように存在し、何を後世に示すのか。人と作品には、どの時代にも、その時代、その瞬間ごとの読まれ方がある。送り手と受け手とは、いつでもあらたに出会い、出会い直すチャンスがあり、その都度互いにあたらしい世界へ入ってゆくことができるということを、再認識させられる。

賛美に傾くでもなく、痛烈な批判を浴びせるというのでもない。対象にほどよく寄り添い、均衡のとれたきわめて自然な筆さばきに見えながら、その実、書き手や作品そのものにはもちろん、本書を含むそれぞれの読者への見えない配慮がしっかりとなされている。個性的な面々を扱う著者もまた、独自の視点と手法を通して、読者に血肉となる多彩な要素を送り届ける。読む人それぞれのタイミングで、本書をひらくその度に、思わぬヒントとはじまりがもたらされる。

わらいのなかに遍在する慈しみ

町田康著『ゴランノスポン』(新潮社、二〇一二)は、二〇〇〇年から二〇一一年の間に発表された七篇を収める短篇小説集。ほぼ発表順に並べられる収録作品のうち、最初に置かれるのは、十一年前に発表された「楠木正成」。

〈ずっと楠木正成のことが気になっていた。〉という語り手は、〈自分はなぜかくも楠木正成に拘泥するのであろうか〉と自問する。南朝の忠臣。有能な軍略家。桜井の別れ。湊川の戦い――。楠木正成は恰好いい。そのイメージが先行するばかりで、自身の持つ知識が断片的であるとして、〈ここは一番、楠木正成のこと、ちょっと一回、勉強してこましたろ〉と本棚を掻き回し出すや、南北朝の歴史を語りはじめる。

自在で華麗で諧謔味あふれる新しい太平記読み。楠木正成の活躍した時代の空気と流れが俄に蘇り、その躍動するありさまが、滑らかな語りと筆によって活写される。委曲を尽くして語られる事の次第が、おかしくも意外なほどわかりやすく響いてくる。現代にある現在という時空の小さな小さな片隅で本書を繙くうち、どこからか突然、否すでに、身体は中世の人々が息づきうごめく小説空間にすっかり取り巻かれていて驚く。この臨場感。埃、土埃、泥、錆、黴、澱んだ気、霊気……。そういったものが分厚く降り積もり、あるいはこびりつき浮き出して剝がれがたくなった時の塵と臭気の覆いを、著者は一瞬で吹き飛ばして、その下にあるものを、すなわち現在と天地を共有して今なおありありとあり続けるものを、あざやかな手際であらわにして見せる。遥かな過去に遠ざかったかに思われる時代のいとなみが、まさに今に生きていて、活きている。そう感じられるのは愉快であり清々しい。本作に限らず、全篇を通じて、一語一語、一文一文の繰り出し方、綴られ方、そのつらなり、つながりから、類稀な感興とニュアンスを織りなす著者の悠々とした文章の佇まいに、各所で目を見開き、その度に見入る。自由奔放に書かれているようでありながら、その実、見事に整っているこの綴りの流麗さは、いわゆる「流麗」とは一線を画した、ほかにはない美とはなやぎとおかしみを併せ持った姿で魅了する。この続きをいつまでもずっと聴いていたい、そんな希望と期待を持ちながら一篇を読み終えるとき、ラストに広がる明るい青空が胸に沁みる。おかしみのなかの切なさ。かなしみ。それを感受するとき、著者の胸の底に湛えられた慈しみの濃い一滴が、作品全体に遍く滲み渡っているのを感じる。

他の言葉には到底書き換えることのできない作品を物す一方で、著者は、先行する名作、古典について、ある意味では原文を大きく超える翻訳作品をも著す。『源氏物語』の第六帖「末摘花」を原典とする同名の一篇を読みながら、翻訳・翻案とはまさにこういうことを言うのだなど、その深い理解に基づいた高い技芸と妙味に感服する。一見して、著者が大幅にアレンジを加えたかにも思われる本作は、内容においては原典にほぼ忠実に沿ったものであり、それでいて単なる逐語訳ではないのはもちろん、隔たった時代の両者が、表現の上では異なる相を見せながらも、しばしばその違いや境の見分けがつかなくなるほど非常にリアルでゆたかにつながり響き合い、自然に、そして奇跡的なありかたで、一つに合わさった様を軽妙に披露してみせ驚嘆させる。

「末摘花」における光源氏同様、否、その特別さの内訳やベクトルは異なるとしても、「尻の泉」の語り手である〈僕〉もまた、特殊であるがゆえの悲劇、破滅、悲哀を帯びた存在として描かれる。光源氏であれ〈僕〉であれ、いずれかの方向へ針が振り切れたような特異な人物を描きながらも、同時に、彼らも他の人とかわらない、けっして特別な存在ではないという側面をも合わせて書き込まれている。尻から浄らかな泉が出るという特異体質のために人知れず悩み、さまざまな苦労を重ねてきた〈僕〉は、人生の荒波を経た果てにこのように悟る。〈僕は選ばれた存在ではなく、多くの人と同じ、ありふれた存在だった〉。「一般の魔力」では、このような特殊であって特殊でない人物とは対極に位置するかに思われる、しかし突き詰めていけばこの世という同じ広場で隣り合わせているのであろう存在、〈一般の〉人物に焦点が当てられる。少しも特別ではないはずの〈一般〉と呼ばれるフィールドに、草の根のように夥しくはびこり、ときに異様なかたちで露顕する〈魔力〉。ある会社員とその妻の休日をたどり、そこに潜むおぞましい〈魔力〉があぶり出される。他人事と言って澄ましていられない、自らの内にも潜むかもしれない紙一重の異常性＝〈魔力〉の恐ろしさが淡々と描かれ、じわじわと迫る。

表題作は、初出時の「ホワイトハッピー・ご覧のスポン」から改題された。〈僕らはポジティヴな話しかしない。ネガティヴなことをいう奴はひとりもおらないのだ。世界中が僕らみたいな奴だったら戦争なんか一瞬でなくなる。／感謝〉。テンポのよい文章と冴えた言葉で、著者は皮肉と冷笑と揶揄のなかにも愛情を込めつつ、批判と指摘を軽やかにかつ憂いを沈めた真心をもって行う。

「先生との旅」の主人公か、苦慮の末に打ち立てた奇策の〈DJスタイル〉がおかしくてすきでかなしい。まったく愚かで嘆かわしい人物に見えるこの主人公のなかに、ある種の実を見、それとともに共感や同情をかけらでも見出せなければ、おかしさもかなしさもよおせない。しかし、この男はそのようなものを持っていると感じさせるべく描かれているし、それを持っている男を著者は描いている。救いようのないものを、無理に救おうとするのでも打ち捨てるのでもなく、突き放しながらも、責め突いたりせず、ありきたりでない心と筆を尽くして描くことで、どこかに小さな救いが兆してくるのだろうか。そんなふうにも思わせる。男の前途に光明を見出だしたい。

収録作品はいずれも、怒りや憤り、嘲《あざけ》りと論《あげつら》い、批判や皮肉がたっぷり込められたものでありながら、しかしそこには韜晦《とうかい》や自嘲、戯《おど》けとともに、深い理解と赦しが注がれている。わらいのなかに、実と品とかなしみが芯として扇の骨のように随所に幾本も込められていて、それらは要でしっかりと綴じ合わされている。これ見よがしに埋め置かれているものではなく、むしろ自ずから、避けがたくそこに生じ、目立たぬようひそやかに忍んでいるものである。それこそが、著者の作品の持つ稀有な清らかさの基であると思う。

本書からは、表層で受け取るものと、深層で受け取っているものに、その内容と浸透時間に差が生ずるかもしれない。しかしいずれにせよ、読むものの身体のなかで、それらは交ざり合ってそれぞれに沁む。自らの底に湛える濃く澄んだものを、あからさまな優しさや良心としてはあらわさない、著者の作品に滲む慈しみに、またわらいながら触れていた。

揺らぎ散る魂を鎮める書

古井由吉著『ゆらぐ玉の緒』(新潮社、二〇一七)は、「新潮」二〇一五年八月号から翌年十月号まで隔月連載された小説八編を収める。作者自身を思わせる〈私〉の意識や記憶が日日のなかで揺らぎ、時空や虚実の境を越えつ戻りつ移ろうさまが、練り上げられたこまやかな筆致で映し出される。〈花の散りかかる桜の樹の、その木末に白い影の差すのを、あれは何かと眺めるうちに、雲間から薄い月が掛かった。〉とはじまる「後の花」から、〈猛暑の訪れた日の正午に、見舞いの手紙が外国の知人から届いた。〉と書き出される「その日暮らし」まで、季節がひとめぐりしてさらにその先へとつながってゆくうちを、さまようのか確固たる足取りで行き来するのか、いずれにせよ決して取り替えのきかぬ道を歩んでいるのに違いない人物の〈玉の緒〉〈魂〉のありようを描いて余情を醸す。

時という不可逆の流れを突きつけられる生のなかで、語り手の心境はその肉体とともに深まり続ける。四季のめぐりは自然とともにある人の感慨や体感の生成と再生を促すひとつのシステムであるかのごとく、今を生きる語り手の心身に常にはたらきかけて揺り動かす。天候や体調の変化、天災や不意のことなどの発生へのおそれと気配。それらに絶えず迫られる日常のなかで、幼少期に体験した空襲や戦争の記憶が折に触れて繰り返しよみがえる。年を経てなお消えない爪痕とともに、古歌や古句などを交じえて綴られるふくよかではなやぎをはらむ文章を辿るうちに、〈出会うということは、じつはすべて人違い、人違いであればこそ出会いなのではないか〉(「人違い」)、〈行方知れずだった父親と、どこにも隠れずにいた自分と、不在と存在が逆転しかかる〉(「年寄りの行方」)といった、一度出会えばとても素通りできない一節に随所で行き合い、ともすれば虚実が反転し入れ替わる際《きわ》にも接する心地を覚える。〈私〉はまた、ときに古い知己に再会し、彼らとひととき対話する。それまで「シテ」であったはずの〈私〉はそのさい「ワキ」となり、ある意味では彼自身の分身的存在でもあるかのような知己らの話に耳を傾け、自らが幽玄夢幻の境地に足を踏み入れつつ、読者をその興致に誘い込む。

表題作には、〈玉箒はまた魂箒、魂を寄せる道具でもあったという〉〈現し心とは、つながれてはほどかれ、ほどかれてはつながれ、心ここにあるのと、ここにないのとの、その往還の間にこそ生じるものか〉という一節もある。日日散り散りになる心の断片を掃き寄せ払い、魂を振り起こし鎮める玉箒がほしい。読む者にそんな己の願いに気づかせる本書は、それを叶える呪力を秘めるものと感じる。

続いてゆく文学と人情

久世光彦著『曠吉《こうきち》の恋　昭和人情馬鹿物語』（角川書店、二〇〇四）は、昭和八年の東京・巣鴨の町を舞台にした、五つの連作短篇からなる物語である。

物語の主人公・川端曠吉は、大正七年生まれの十五歳。地元・巣鴨の〈水道屋〉の次男坊である。家族には、若い職人を大勢使っている割には穏やかな性格で、これといった特徴のない父親の有造と、草加の遠縁から嫁いで来た母親のおヨシ、そして今年二十四になる、九つ年の離れた長男の桃介と、末っ子で十二歳の妹の夕子、そして桃介の妻・小春という嫂がいる。桃介と曠吉は、地元の高等小学校を出て、すぐに父親の商売を手伝っている。商店会への登録も、軒先の看板も〈川端工業所〉となっているが、主に水道の配管とポンプの設置の仕事を請け負い、界隈では〈水道屋〉で通っている。兄弟は二人とも、親の仕事の暢気さと大らかさが好きだった。〈川端工業所〉は、そんな身内商売なのである。

第一話の「つまずきお妻」では十五歳だった曠吉が、やがて最終話の「紙人形 春の囁き」では、十八歳に成長している。この物語は、十五歳から十八歳までの曠吉の青春の物語を中心としながら、曠吉とその周辺の人々の、人情あふれる世界を描き出した作品である。

本書のタイトルの通り、曠吉はさまざまな恋をする。

最初の女は、〈つまずきお妻〉。正月三日の日に、曠吉の妹の夕子の晴れ着の帯を剃刀で斬りつけて、地元の若い衆らに取り押さえられ、曠吉の家に連れて来られた女である。女は曠吉の父親の有造と、理由ありの女らしかった。その晩、事件のことは誰も口にしないものの、その空気に絶えきれずに家を出た曠吉が向かった先は、庚申塚の商店街の裏にある、小ぢんまりした家に一人で暮らしている小唄の師匠・お涼のところであった。お涼は年は四十そこそこ、「細面で顔が小さく、鼻筋がきれいに通って、眉《まゆ》は明け方の新月みたいに煙《けぶ》って見え」る、いい女である。かつて一時期稽古に通っていた有造にくっついて遊びに来るようになって、曠吉はもう十年ほどになる。遊びに来ると言っても、十五歳の曠吉が、お銚子の一本や二本を当たり前のようにつけてもらい、肘枕で寝転んでは、二つ折りの座蒲団を枕にあてがわれ、褞袍や茶羽織などを掛けてもらうのだから、恐れ入る。著者の作品には、こうした早熟な若者や子どもなどがしばしば登場する。しかもこのお涼は、曠吉の父親と、以前兎角の噂が取り沙汰された女である。曠吉自身、これまでもお涼と父親との仲を、ひそかに疑い、怪しんできた。一方のお涼は、日頃からどこにどう情報網を張っているのか、世間の噂話をはじめ、驚くべき情報収集力と千里眼のような鋭さで、いつも曠吉を感嘆させては、助けたりもしている。実際、〈つまずきお妻〉と父親との関係の噂についても、このお涼が楽しそうに笑いながら曠吉に教えたのであった。

正月の一件から四月《よつき》ほど経ち、葉桜の時期に、曠吉はとげ抜き地蔵の境内にあるもう一つの地蔵堂〈水子地蔵〉の石段でつまずいている女――お妻をふたたび見かける。その晩、お妻と父親のことを思いめぐらしながら、曠吉はふと、父親が自分の未来に何を期待しているのだろうと考える。兄の〈桃介〉という名前は、福沢諭吉の養子〈福沢桃介〉に肖《あやか》って命名されたのであったから、兄には期待があったのだとわかるが、それでは次男の方はどうなのか――。

小学生の頃、曠吉が字引で調べてみると、曠吉の〈曠〉という字は〈明らかに、遮るもののない様《さま》。広くて大きな様〉とあると同時に、〈空《むな》しい様〉ともあった。そこで「自分の人生のいい加減さを、与えられた名前のせいにするのは、卑怯《ひきょう》だし、持って生れた〈曠〉の字を、おでこの正面に貼りつけて、世間を渡っていくのも面白い」と考える十五歳の曠吉には、ある夢があった。小説家になりたいと思っていたのである。

「曠吉の場合、それは〈文学志望〉というのとは、ちょっと違っていた。有名な芥川《あくたがわ》とか谷崎などという畏《おそ》れ多い人ではなく、たとえば小島政二郎とか川口松太郎と言った、わかり易くて面白く、自由で気ままで泣き虫で――言ってみれば、気楽な〈水道屋〉とか〈弁当屋〉みたいな小説家」になりたかったのである。

本書の冒頭には、「川口松太郎さんへ」との献辞が掲げられている。「あとがき　――私の人情馬鹿物語――」の中で、著者は川口松太郎の「人情馬鹿物語」を読み、十代だった当時、

「いまに松太郎さんみたいな話を書いてみたいと思った」と記している。

「人情馬鹿物語」は、「鶴八鶴次郎」などで第一回直木賞を受賞した川口松太郎が、大正の下町を舞台に男女の人情の機微を描いた小説である。当時人気の講釈師だった悟道軒円玉の家に住み込んで、師匠の講談の口述筆記をつとめながら戯曲修行に励んでいる劇作家志望の青年・信吉の青春記である。著者曰く、この川口松太郎らの作品の中にあった、〈仔細《しさい》があって縁が切れた〉〈ここで見ぬふりしたら冥利《みょうり》が悪い〉などといった、「いまでは〈半死語〉になってしまった大正の言葉たち」に陽の目を見せてやりたいという思いも、「曠吉の恋」を書かせた一要素であったという。

本書の曠吉は、小説雑誌で川口松太郎の「鶴八鶴次郎」や「風流深川唄」を読んで憧れ、小説家を志す。これは著者の思いと大いに通ずるところのあるものであろう。著者は、本書について「川口さんの「人情馬鹿物語」の大筋とパターンを、そっくりそのまま頂いている」と語る。それをふまえて「人情馬鹿物語」を遡って繙いてみて驚いた。二つの書物は、まったく別々の作品になっている。当たり前といえば当たり前の話であるが、少なくとも、ある作品を元に書かれた作品が、まったく違う姿と中身を持って、その書き手独特の作風を備えて新たに立ち上がっているということは、やはり特筆すべきものであろう。川口松太郎の作品とはまた異なった魅力を持つ、著者の流麗な文章にかかると、あからさまな色事のみならず、道端に転がる石ころでさえ、艶めいて立ちあらわれてくるから不思議である。

著者はこれまでにも、さまざまな作家たちへのオマージュともとれる作品を数々著してきた。江戸川乱歩への『一九三四年冬―乱歩』、太宰治への『謎の母』、芥川龍之介、小島政二郎、菊池寛らへの『蕭々館日録』などの作品を見てもわかるように、すぐれた作家や作品が、魅力ある新たな作家や作品を生み出していくことの実際を、そこでは目の当たりにすることが出来る。一方の、オマージュを捧げられた方の作家たちにしてみても、彼らにはまたそれぞれに影響を受けてきた作家や作品があるはずなのだから、この文学の連なりは、ほとんど普遍的なものであると言っていいだろう。この世に生んだり生まれたりしたものが、その先にどんな種をまき、どんな種を授かり宿してゆくかわからない。

第二話の「人に言えない」では、〈つまずきお妻〉からちょうど一年、曠吉は十六歳になっている。十六歳という厄介な年齢と身体を持て余している曠吉は、同じ家で暮らす嫂の小春にも、恋心をいだく。

第三話「九尺二間」では、直木三十五や竹久夢二が没して昭和九年が終わり、曠吉は十七歳になっている。傾倒している作家の川口松太郎は、自分と同じ歳で講談雑誌に作品を発表しているのだから、曠吉は落ち着かない。そんな頃、曠吉は〈文芸講演会〉に出掛ける。講師には憧れの川口松太郎もいた。その講演会のロビーの雑踏の中にいたある娘・菜穂に、曠吉は恋をする。そして、〈季節外れの、梔子のような女だった〉――という書き出しで、曠吉はいよいよ小説を書きはじめる。

第四話「侘しすぎる」では、親に一年間の暇を願い出た曠吉は、巣鴨駅から電車に飛び乗り、行き当たりばったりで、阿佐ヶ谷で独身者向きの一間のアパートを借りて暮らしはじめる。阿佐ヶ谷の町を選んだ理由は、川口松太郎の小説の中で、この界隈を〈胴村《どうむら》〉と呼んでいたのを思い出したからである。定年退職した元役人や、大学教授、退役軍人など、首になった人たち――つまり胴体ばかりの人たち――が住んでいるから〈胴村〉だという、瀟洒だが侘しい町だった。

曠吉が越して来たばかりの日の夜中、ドアが乱暴に叩かれ、開けると「胸の開いた派手なオレンジ色のドレスを着た女」が雪崩れ込んで来た。それは曠吉のところから一部屋置いた〈二の二号〉の藤子という女であった。今度の曠吉の恋の相手は、この藤子であった。

最終話「紙人形　春の囁き」の頃には、曠吉はアパートを引き払って三月《みつき》になっている。この一話で中心になる女は、小唄の師匠のお涼である。曠吉がこれまで十数年来出入りしていながら、「指の一本も絡《から》めたことがない」女である。冒頭から謎めいた存在でありながら物語の勘所を押さえていたお涼という女の秘密と、その女への曠吉の複雑に絡んだ想いが、ここでひとつの決着をみる。

本書において非常に重要な役割と効果を果たしているのが、都々逸である。物語の要所要所で唄われ、またあるときは、ふと脳裏によぎるものである。著者が川口松太郎へのオマージュと同じくらいにこだわったというのが、この都々逸であり、本書について、著者はあとがきの中で、こう述べている。「小唄端唄や都々逸は、浪花節と同じように、わが国の〈歌謡〉の源泉の一つなのだが、美空ひばりや江利チエミが好んで唄ったのを最後に、ラジオからも寄席からも姿を消して久しい。私の「曠吉の恋」は、都々逸の可愛らしさや、色っぽさや、切なさへの挽歌《ばんか》かもしれない」。

事実、都々逸というものをほとんど聴いたことのない私にとって、本書で目にするその歌詞は、一つ一つが唸らされるものであった。物語の中で都々逸は、それぞれ絶妙な場面とタイミングであらわれる。

〽おろす山葵《わさび》と　恋路の意見
　擦《す》れば擦《す》るほど　泣けてくる〜
〽意見聞くときゃ　頭を下げな
　下げりゃ意見が　上を越す〜
〽あの人の　どこが好《い》いかと訊ねる人に
　どこが悪いと　問い返す〜

この物語には、都々逸などの他にも、店の表を通り過ぎてゆく夜啼き蕎麦の屋台、新内流しの声など、今は見たくても目にすることの出来なくなった風俗が端々に姿をあらわす。またその他にも、本書の中でとりわけ印象に残った場面がある。それは、惚れたお妻に会いたいと願う曠吉が、お妻が現れるなら水子地蔵の四の日の縁日に違いないと、当たりをつけて待ちわびるという場面である。しかし六月二十四日にも、七月四日になっても、お妻は現れない。曠吉は焦り出す――。

ここには、携帯電話やインターネットでいつでも簡単に連絡が取り合える時代になった現代にはすっかり影をひそめ、忘れ去られたかのような〈辛抱〉や〈祈り〉の切なさが見られる。こんな「埒のあかない」ような手段でしか、「埒をあける」方法がなかった時代というものが確かにあったということを、しんみりと、しかしあたたかく、胸に感じたのである。この人情物語の中には、今はないもの、あるいはすっかり影をひそめてしまったものが、生のまま息づいている。

とはいえ、今この現代が、あたたかさや切なさといった人情というものを、すっかりなくしてしまったわけではない。その時代時代に生きる人間は、男も女も、その時代の人情を胸に噛み締めて生きている。

〽およそ世間に　切ないものは
惚れた三文字《みもじ》に　義理の二字《にじ》〜

人情の世界は、今も続いている。

本のある世界で

部屋の書棚にずっとあり、ずっと読めずにいた本がある。

福武文庫の、色川武大著『狂人日記』。他の文庫と並んで、目を向ければいつでもそこにあったその本の、背表紙ばかりを長いあいだときおり見ていた。

いつそれを買ったのか、はっきりとしたことは覚えていない。ただ、この本について記憶を遡ろうとすると、いつも、学生時代によく立ち寄っていた、大学近くの書店の文庫棚の光景が思い浮かぶ。その場所が、本書に関する私の記憶の、これ以上は遡れないという地点であり、おそらく始点だ。私は、学生時代のいつの日にか、その棚にあった本書を手に取り、カバーに記された書名と著者名、装画と作品紹介の文言などを目にして胸をざわつかせ、つまり惹かれて、その本を求めたのだったろう。装幀が誰の手によるものであるかを意識していたかどうか、いずれにせよ、この装幀にいかなる工夫や配慮がなされ、いかに心を砕かれた結果として、今この作品がここにこうした姿かたちの一冊の本としてあるのかについては、知る由もないままに。そのとき私は、この本を読みたい、と思ったのだろう。しかしもしかすると同時に、この本がその内側に強烈なものをはらんでいることを、書名や冒頭のページなどに漂う空気を含め、本の姿を通じて感じ取り、自分には今すぐ読むことはできないかもしれないが——とうすうす気づきながらも、それでも求めずに済ませることはできないで、家に買って帰ったのだったろう。色川武大の本を、まだ一冊も、一作も読んだことのない頃のことだった。

この本の奥付には、〈1993年10月12日　第1刷発行〉〈装丁—菊地信義〉とある。菊地信義氏は、著書『新・装幀談義』（白水社、二〇〇八）のなかで、こう語っている。〈装幀の目的は、本を目にした人の心に、読みたいという思いを起こし、真に読むという場へ心をいざなうことです〉。

その後、実際にその本を読んだのは、今から数年前になってようやくのことだった。それまでのあいだ、何度も手に取ってみたことはあったものの、そのたびに、まだ心の準備が整っていないことを自覚して、そっともとの書棚へ戻していた。この本を読めば、自分はきっと激しく心を揺さぶられ、強い影響を受けることになるだろう。今はまだとてもそれに耐えられそうにない——。装幀を見、またページを幾らかひらいてみては、ずっとそう予測していた通り、いやそれ以上と言える強い衝撃と深い感動を、この本を読んだ私は受けた。しかしその衝撃と感動の種類や実態は、それまで漠然と予想し恐れ続けていたものとはどこか違っていた。それは私を大きく揺さぶったが、激しい動揺の最中にも、またその果てにも、何かこれまでには見たこともも感じたこともないような、読む人のなかに新たな力を養う小さな種を、ひっそりと受け渡されていたようでもあった。そのように感じることができたのは、それが私にとって最良のタイミングで読むことができたからだったろう。もっと早く読めばよかった、とは思わなかった。むしろ、今だからこそこうして読み得たのだと、それまでに要した時間にも納得がいった。

私はいつしか書店でこの本に出会い、〈読みたいという思いを起こし〉、そしてしかるべき時間を経て、〈真に読むという場〉へ辿り着いたのだった。今あらためてこの言葉に出会うとき、まさにそれが私という一人の読者のもとにおいても確かにこうしたかたちで起きていたことを思い返し、感謝の思いを新たにする。

読了して、この本は、私にとって特別な一冊となった。この意味は、小説『狂人日記』が特別な作品となった、ということを含むが、それにとどまるものではない。ある一冊の本を通して、読者にそれが自分にとって「特別な作品」だと思わせるまでの読書体験をさせるのには、テキストそれ自体の力が必要なのはもちろん、それを支え、読者へと最善のかたちで伝える装幀の力が大きく関わり、作用していると考える。私はこの本を読み進めるあいだも、また読み終えてからも、本作を、この書体と文字組みの本を通して受け取れたことに、大きなよろこびと幸いを、強く明確に感じていた。この書体と文字組みが、テキストがはらむ世界の空気や感触、心情や情景、声や言葉といった、作品を成す諸々の要素のありようを醸し出し、読者との距離感を決めることにもなっていた。それらによって、読者の作品への入り方も接し方も、またそこから感受する印象も読解も変わってき得る。本書の、弾力と味わいのある独特の書体と文字組みによって、語りの位置とでも言うべきもの——語り手の居る位置、語りと声の発生する場所——が絶妙な地点に自ずと定まり、読者との間合いを作り出す。作中人物たちと読者とのさまざまな意味での距離が、それによって変化する。その声の調子や響き、声色、声の音量などといったものまでもが、テキストそのものを超えて、書体や文字組みが左右する。わかっていたようで、そこまではっきりとは把握し切れずにいたものについて、本書の装幀を通じてあらためて気づかされ、実感した。

これまでに一万五〇〇〇冊以上もの本を手掛けたと言われる菊地信義氏の装幀について、ただ一つのテキストを例に挙げて述べるのでは充分ではないかもしれない。しかし、むしろその厖大な本のなかからこのテキストを一例として、もう少し続けてみたい。

私の手元には今、三つの判型の、三冊の色川武大著『狂人日記』がある。初版の刊行順に、単行本（福武書店、一九八八）、福武文庫版（一九九三）、講談社文芸文庫版（二〇〇四）。装幀はすべて菊地信義氏による。単行本の装画には、著者の懇望により、本作執筆の契機となったとも言われる有馬忠士の氏の画が使用されている。この装画と小説とは、今となってはほとんど一体とも言えるに近い、もはや分かち難い関係を持つものとして、互いを相互に特色づけている。この装画は、福武文庫版でもデザインに組み込まれている。福武文庫版を底本とする講談社文芸文庫版においては、文庫の装幀フォーマットの都合もあるためか、この装画は使われていないが、タイトル文字は、福武文庫版と同様のものと見受けられる、菊地氏の装幀において特徴的なボケ文字（色は異なる）に、ここではさらに影をつけたシルエットとなっている。カバーには前二冊の印象を一新するような、鮮やかで緊張感のあるミントグリーンとも言える緑色を基調とするグラデーションが用いられている。造本も書体も文字組みもみな異なるが、どの本で読んでもそれぞれ味わい深く、読みやすい。読みやすい、というのには、テキストがすぐれている、ということをべつにすると、造本全般のありかた、姿かたちのことから、読むにあたり実際に本を手にした際の感触や扱いやすさについても言えるが、そのなかでも、私が最も重視し、読者としてありがたいと感じているのは、とくに実際の読みにかかわるテキストの書体や文字組みのよさ、である。三冊のうち二冊は文庫で、それらには文庫独自のフォーマットがそれぞれにあるはずだが、まずはそれに則ったものであるとしても――というより、そもそもこのフォーマット自体が、さまざまな作品を受け入れ、またそれらに添う力を持った、高性能で、先見性と完成度の高いすぐれたものであることに、あらためて気づかされるが――、三冊はいずれも、テキストとの関わり方に独自のスタイルを持ちながら、それでいてそれぞれ自然に作品となじんでいる。私にとっては、最初に読んだ福武文庫版によって、本作に関する印象の基盤は作られたが、いずれの本で読んでも感動があり、すべて『狂人日記』であることに変わりはなく、そのうちのどれが真のその作品だ、ということはないはずである。ただテキストは、それぞれの装幀によって、少しずつ異なる相や表情を見せ、作中世界や語りとの距離感を変化させる。それによって、読者の側では、読中に見える景色やきこえる声、それらのトーンや強弱など、体感されるものには明らかな、あるいは微妙な違いが出てくることも実感する。それでいてなお、作品の価値は変わらない。これはあくまで私個人の感覚ではあるが、三冊を読み比べて感じる差異は、端的に言うなら、対象とカメラの位置――場面や情景を描き映し出す画面の画角の広さや明度、色調などのほか、語り手をはじめとする登場人物の姿かたち、佇まいに、たとえばそれを演じている役者が異なる場合にも似た印象のものがあった。それはつまり、演出の方法が異なる、ということに通ずるものであるように思う。

〈言葉で表出された作品を本にするには、まず、文字の書体を選ばなければなりません。ふつうの小説の体裁であっても、一ページの字数、一行の字詰め、行間、字間、それにサイズといった、タイポグラフィーのすべての要素の設定が求められます。作品は、作者と編集者の批評の往還を経て完成されたものです、装幀は作品の意味や印象を受け止め、文字という形でなされるプリミティブな批評です〉。前掲の著書で、菊地信義氏はこう述べたあと、次のように続けられる。〈文芸作品を読むということは、書かれてあることを読み知ることではありません。言葉や文を、未知の言語を翻訳して読み取るように読み、自分の批評を言葉としてつかみとることです。作品は言葉（文字）や文があやなした事件の現場です〉。

装幀は、本文の外側の装いや形状・造本に関わる部分の重要性と並行して、その内側の、本文そのものをいかなる書体と文字組みで表現するかが、「本」というものの心臓部分に関わる最重要の作業であるとも感じる。私はそうした装幀の如何によって、少なからず、あるいは大いに影響を受け、表現のありかたを左右されずには済まされない「テキスト」というものを興味深く思うと同時に、そのはかなさ、あやうさ、かなしさを感じずにはいられない。もちろん、その柔軟さ、たくましさ、頼もしさとともに。書き手は、まずはテキストをいかに成すかに精魂を傾けるが、その後の書体や文字組みを含む装幀という重大な作業や過程においては、多くの場合、ほとんど無力なのではないだろうか。だからこそ、テキストがとくに商品として「本」のかたちをとって不特定多数の読者のもとへ赴こうとするとき、それにふさわしい姿かたちを求め、是非それが叶うものとなるようにと、作者は編集者とともに装幀家に全幅の信頼を寄せてその力を恃み、テキストを委ねる。そのとき装幀家には、どんなに大きな重圧がかかっていることだろう。作者は自身からは出てき得ない、客観的かつ的確な解釈とその表現を、装幀にひそかに求めているのではないか。それらの期待や責任を一身に引き受け、装幀家は、作者や編集者たちが思いもよらない、その予測を超えたところを捉え、引き出し、差し出して見せる。すべてのケースがそのようにうまくいくとはかぎらないだろう。テキストと装幀とは、いつも厳しい緊張と協力の関係にある。それらの相関関係については容易に言い尽くせるものではないが、テキストだけからなるのではない「本」というものにおいて、装幀の力にかかる比重や、それが担い占める実質上のはたらきの割合は、どれほど大きなものになっていることだろう。

厖大な数に及ぶ菊地信義氏の装幀について、網羅的に見渡し言及することなど私には到底できない。しかし、なかでもとりわけ個人的に印象深いものとして、古井由吉著『野川』『白暗淵』、蜂飼耳著『孔雀の羽の目がみてる』『隠す葉』、伊藤比呂美著『河原荒草』『とげ抜き 新巣鴨地蔵縁起』、井坂洋子著『愛の発生』『バイオリン族』、稲葉真弓著『砂の肖像』、杉本真維子著『裾花』などをまずは挙げたい。このようにわずかに絞って挙げるのは、かえって不十分にもなり憚られるが、ここに記したのは、とくにテキストと装幀とがより魅力的なかたちで融合し、一冊の本として、読者の私に幸福をもたらしてくれたと感じる存在である。〈装幀の現場は、商業出版である以上、多くの制約があります。予算上の問題、印刷所や製本所の問題などさまざまです。(中略)そのなかで最善を目ざすしかありません〉(『新・装幀談義』)。このようにも語られる状況のなか、常に厳しい選択と決断を迫られながら進められているのであろう現場の苦しみや困難については想像が及ばないところもあるが、読者のもとへ届けられる菊地信義氏の装幀は、そのような重苦しさなど、もとより微塵も感じさせない。実際には決して無縁ではないだろうとも思われる、さまざまな重圧などよりもっと大きなゆとりと優雅さ、美的で知的な遊戯の感覚を、スパイスとして装幀のどこかに含み、忍ばせているように感じられる。美術家としての鮮やかな発想と表現を支え助ける、職人としての確かな技術と知識と知恵を持ち合わせ、それらを駆使し、さらに磨きをかけながら常に前進し更新してゆくあくなき試みと鍛錬と遊び心。そうしたさまざまな探究の成果と本作りへの熱意が漲り結集してこそ実現される、菊地信義氏の装幀にある、おおらかで繊細な、シンプルさと華やかさ、優美さと大胆さといったものが同居し、またそれらを巧みに使い分ける豊かな力に基づく、品と厚みと奥行きのある濃やかな表現力に、私は惹かれる。

〈装幀とは、言葉で表出された作品の印象を、本の材質や文字の姿、色調や図像でとらえ、構築する。人の目や手に届ける批評でもある。作品に紙や文字の注文など書かれていないが、作品が読む者の内から、文字や色の印象をすくいあげてくれる。装幀者に必要なことは、構築する要素の豊かな知識と、それが人にもたらす意味や印象を深く理解することだ〉（『新・装幀談義』）

装幀家・菊地信義氏の仕事について、その美点を幾つも切りなく数え上げるよりも、私が抱く思いを端的に述べれば、まずは菊地信義氏の、作品の読みへの信頼、ということになるだろうか。装幀を手掛ける作品についての解釈と批評、その表出としての装幀のありよう、それへの信頼と畏敬の念。さらに言えば、菊地信義氏の、本への愛情、本作りに対する真摯な取り組みと熱意と矜持、それに打たれ、教えられる。「本」というものに関わり携わる存在としての強い使命感と愛情こそが、想像を絶する量の上質で多様な本を、これまで絶えず発展的に活動を展開しながら、世に送り出し続けることを可能にしてきたのだろうと思う。業界にブックデザインの新たな状況と環境を生み出し、出版全体にさまざまな影響と実りをもたらしつつ牽引してこられた菊地信義氏の仕事から、読者として、また書き手として、自分は一体どれほどの恩恵を受けているのか。あまりにそれは大きすぎて視界と意識に収まりきらず、まだまだ自覚の及んでいない多大な領域が残されているように感じられる。

私はこれまでに、五冊の詩集を刊行した。そのうちの二冊、第四詩集『虚仮の一念』（思潮社、二〇〇六）と、第五詩集『砂文』（思潮社、二〇一五）の装幀を、菊地信義さんにしていただいた。『虚仮の一念』は、初版は上製の造本であったが、その後、本文の文字組み等はそのままに、並製の新装版の装幀もしていただいた。また、菊地さんが装幀を手掛けておられる現代詩文庫の一冊に、『日和聡子詩集』（思潮社、二〇一四）も加えられた。

『虚仮の一念』を装幀していただくにあたり、菊地さんが、本文の文字組みについて、収録作の文字の姿を大事にする、というアイディアと方針を示してくださった。作品について、これらは音や意味を訴えかけるものというより、言葉や文字の視覚的なおもしろさや魅力がより強くあるという側面を引き出し、それらを生かす書体とサイズや文字組みを考えてくださったのだった。

その具体的な表現方法として、本文の文字サイズが通常の詩集において考えられるものより大きいものとなり、よりインパクトや言葉と文字の存在感のつよい文字組みが実現された。またこれに関連して、菊地さんのご提案により、一編一編の詩のタイトルに、小さくよみがなを添える、というレイアウトが誕生し、さらに、本文中にも、漢字に振るルビを幾らか増やす

（これも、文字のおもしろさや字面の魅力をより増す方向へつながるものとして）、というアドバイスをいただいた上で校正を行い、詩集は成った。菊地信義さんのこの装幀によって、詩集の言葉のありかたも、それらの言葉の見え方、動き方、うごめき方も、そこにしかない、そこでこそ見られる姿かたち、表現になったように思われる。テキストはやはり、装幀によって大きく変化するいきものだ。生かすも殺すも、とまで言ってしまっては装幀に責任を押し付けすぎることになるが、仮にそう言っても過言ではないくらい、テキストを表現する際の、とくに本にする際の、装幀の力は絶大だ。私の目のなかには、『虚仮の一念』という詩集の収録作の文字とその印象が、菊地さんの作られた装幀の版面、字面のかたちで焼き付いている。それ以前に、まず自分で詩を一編一編綴り、それが雑誌等の媒体に掲載されたときの詩のかたちや表情もあったはずだが、その後、詩集を編んだ際に菊地信義さんによって考案された文字組みの姿で、今は印象強く定着している。

その後、現代詩文庫にこの詩集も全編収録された際には、レイアウトは詩集とは書体もサイズも文字組みも変わった。その校正をしている際、私は思った。これらの詩は、テキストは、一体いつ、どのかたちであるとき、その詩の完成形であり、決定稿だと言えるのか。同じタイトルの、同一のものであるはずの、あの詩とこの詩は、姿かたちやその見え方が異なるけれども、まったく同じものであると言えるのだろうか。読者の目には、それぞれはどう映るのか。どちらでもいい、変わりはない、と言い切ってしまうことはできない。しかしこれらは、作品というものが、テキストが、その都度直面し、受けとめ、通過していくものなのだと、そうもつくづく思った。テキストの運命。その姿かたち。それは、もともと確固としたものがあるようでいて、実は定めなきものであるのか。今ここにあるテキストの姿かたちは、真なるものか、仮のものか。テキストと本は、かならずしもイコールで結ばれるものではない。一冊一冊の本は、テキストがその都度とり得る、あるいは現にとっている、ひとつの運命的な、決定的な姿であり、また仮の姿であるとも言えるのだろう。その鍵を、行方を、装幀が握っている。テキストは、どのようなものであれ、装幀の力によっていささかの影響も受けないものはないだろう。装幀によって、テキスト自身が知らなかった動きや側面を引き出されることもあれば、思いがけず踊り出しもし、鎮まりもするだろう。装幀は、テキストに呪力をかける。それ自体がそもそも呪力を帯びた、一種の呪文としての力や性質をはらんだものであるはずのテキストが、装幀によっても作用を受ける。場合によっては、力と力が思わぬ作用で変質する可能性もある。しかしうまくいけば、テキストはより一層力を発揮することにもなるだろう。装幀は、呪術の一種であるようにも思えてくる。

菊地信義さんの装幀には、どこかそうした気配がある。熟練の職人の手技の冴えを感じさせつつもそれを超えた、謎をはらむ呪術のような、美術の神秘がエッセンスとして込められているような。そうした呪力を以って、テキストに、そして作品に、本という姿かたちとひとつの運命を与え、批評と祈りという護符を縫い込んだふさわしい装束を纏わせて、読者のもとへ送り出す。そうして本と読者を結び、それぞれにもまた運命をもたらす。それが装幀であり、装幀家なのだろう。

装幀を纏ったテキストは、自身の力を超えた呪力を帯びたものとして存在しはじめる。装幀は、対外的に、未知の読者に対して直に訴えかけ働きかける力を持ち、それを発動する、ということにかぎらず、その本自身、作品そのものに対して、まずは影響を及ぼし続ける。作品自体に及ぼした力と影響が、それに行き合った読者に反射するようにして、発揮されるのだとも思う。

『砂文』の表紙カバーに写真が使われた赤いスコップは、菊地さんの所蔵される骨董のコレクションから選ばれたものだった。かつて骨董市で求められたものだというそれは、呪具のような存在感と迫力があり、またそれ自体が、何か一人の人物や存在をあらわすものであるかのようにも感じられる。菊地さんから、このスコップを用いたカバー装幀案について示していただいたときの衝撃は今も忘れない。私は、このほかのどこにもないひとつの骨董のスコップに、作中の要素が幾つも重ねられ、暗示的にも象徴的にも差し出されていると感じ、そうした理解の上でこうした表現が用意されたことに、驚きと感動を覚えた。カバー写真のスコップは実物大に近く、全体に見られる錆の具合からも、実際に使い込まれたものと思われる。細い柄や、土に接する部分の錆び方とその位置からは、これを使っていたおそらく子どもは右利きだったようだとうかがえ、そのなまなましさが妙に厳かで、なまめかしくも感じられる。もともとは、何の関係もないはずの詩とその骨董のスコップが、なぜ、ここでこのようにして出会い、結びつくことができたのか。しかしそれもまた、菊地さんが、収録作のうちに見出し、そこから抽出してくださった要素と解釈のあらわれなのだと思えた。また、こうしたものとものとを結んで新たな局面を生み出すことが、菊地さんの装幀なのだとも思われた。本文をあらわす文字組みの姿とページのありようもまた、この詩集にしっくりとなじむ、自然でこの上ないものと思われた。

本はそれが自ずからなるものではなく、誰かが手間暇をかけて大切に作り上げていくものだ。菊地信義さんの仕事について思うとき、本作りの現場に携わる多くの方々の存在までもが感じられてくる。さまざまな立場のそれぞれの持ち場から、多大な労力と技術と熱量が、「本」というものに注がれ、割かれ、捧げられているということのいとおしさと尊さ、ありがたさが、今更ながらあらためて身に沁みてくる。テキストと本、本と読者、紙と印刷と製本……。そしてその先にある流通や販売を含め、読者のもとへ届けられる「本」というものに関わるそれらおのおのの場や部分やベクトルを、要のようにつなぎ、取り持ち、デザインする。そうした菊地信義さんの装幀から、これからも学んでいきたい。本のある世界で。

二、詩と小説

文学の店

　酒屋を営む家に生まれ育った。酒たばこ、食料品や食器類、一部の神具仏具を含む日用品や雑貨等等を取り扱う、町の商店。物心ついた頃、将来に思いを馳せて最初に志したのは、この店を継ぐことだった。店にはいろいろなお客さんや卸屋さんや店員さんたちが出入りしていた。知っている人も知らない人も、店に入ってきてはまた出ていった。地元のお得意さんもいれば、移動の道中にたまたま訪れたばこや飲み物などを買っていく一度きりの人もいた。散歩の途中に犬が主と一緒に店先に立ち寄ることもあった。夏の夜には店の明かりに大量の灯虫が集まった。

　店には日日さまざまな人や生きものが訪れ、そこで交わされ遣り取りされるのは、品物と代金ばかりではなかった。人びとが入れ替わり立ち替わり現れては去ったりしながら、世の中の空気や情報を運んできては、居合わせた人たちと伝え合い、そこを出ていくときには、互いが互いにそれぞれのものを持っていった。店と客、客と客、問屋と店――。売る側、買う側、双方の立場が時に応じて変化しながら相互に関わり合っていく「店」という場所では、そこで取引される金品以外のものまでが、次次に取り交わされていった。言葉や感情、個個の事情や世情といった、目に見えないおびただしい要素を含むものが、人人や品品とともに店内に入り、そこで生じたものとともに、空間にぽつりと浮かんだり、にぎやかに広がったり、片隅にしばしとどまったり、大きく空気を掻きまわしたりしながら出ていった。いつもの光景として、少し前まで日夜開かれていたそこは、狭いながらも人や物や空気が混じり合って行き交う、一種の交通の場であった。店は動かないが、その内部にあるものは、絶えず流動し、移り変わっていった。なかには、いつからそこにあるのかわからない、ここにきてからまだ一度も誰にも触れられたことのないような、積み重なったままの皿や茶碗、匙やナイフが、一角でひっそりしていたりした。店には、売れるもの、売れないもの、いろいろあった。需要と供給、持ちつ持たれつ、利益と損失、貢献と恩恵――。そういった、人間《じんかん》の、社会のあり方、その成り立ちや仕組みやしがらみを、「店」という公と私の入り組んだ暮らしの場から、私自身はいつしか自然と学び、感じ取るようになっていった。

幼女時代、「店を継ぐ」と店主である親に対して宣言していた私は、その後進路を変え、文学を志すようになった。「商売」と「文学」とは、一見対極にあるかのような、最もかけ離れたものであるかにも思われる。しかしそれは、実は互いが互いを内包するようなかたちで、複雑にして密接に、分かちがたく結びついている。文学者はそれを己の生業とするものであるし、「文学」はそれ自体が商品としての側面も持つ。また「商売」には、人の世のあらゆるものが詰まり、関わり、それらが濃密に絡まり合っている。それこそは文学がその領域とし本分とするものであるとも言える。生まれ育った「店」は、そうしたもののすがたやありようを、私に身近なところから多角的に見聞きさせ、体感させてくれていたのだと振り返る。

この度、そうしたことごとを自ずから反映して成った私の第五詩集『砂文』が、さまざまなめぐり合わせによって、第二十四回萩原朔太郎賞を受賞し、本企画展が開催される運びとなった。これまでは文学における「作品」という機構を通じてのみ公に接してきた私は、今回、作品のみならず自分自身を含めて顧み、それらを合わせて人の鑑賞に堪えるものとして公の場に差し出すことの難しさを、痛感している。それと同時に、この非常に稀な機会を授けられたことによって、自身の内にあらたな問いや気づきや課題が生じ、まさに今それらに直面し、さまざまなものを受け取りつつある。こうしたものからでも、誰かに、何かを、受け取ってもらうことができたらと切望する。

店の奥には、身内が過ごす私的な空間も設けられてはいたが、そこにも人やそのほかの生きものは随時出入りした。公と私が、空間的にも時間的にも、はっきりと分かれているようで分かれていない、その境や区切りが明確なようでいて変動し得る、整然としていながらも常に混沌として、渾然一体となった不思議なエネルギーに満ちた時空であり存在であったあの「店」から、私はこれまで自分が思ってきた以上のものを受け取っていたのだと今は知る。

家業は継がなかったが、そのかわりに、自分は文学に携わる書き手というかたちでひとつの力のかぎりを尽くして、これからも営んでいきたい。その思いを、今、あらたにしている。

「店」と心を継ぎ、それをほそぼそとながら、

風の成分

猛暑の夏が去り、今は秋風が肌を撫ぜる。

腕に頬にあたる、その音のような温度、圧、流れというべきものが、触れた瞬間、身に伝え、もよおさせる感覚、感懐は、一体何であるのか。言葉を介さず、わずかの接触において、瞬時にこの身におぼえさせる、郷愁にも似たしずかなるもの狂おしさ、懐かしさというものは。

それはすなわち、〈詩〉というほかないものではなかろうか。

空を吹き渡る風そのものが、すでに〈詩〉であるだろうか。あるいは、風が肌にあたって反応を起こし、そこで生じたものが、〈詩〉となるのだろうか。それとも、ひとが風を感じた刹那に、身の内にわき起こるものが、はじめて〈詩〉と呼び得るものになるのであろうか。

大気中に含まれる詩の分量。その占める割合。それらを質量的に感じると、やはり風そのものにも成分として詩は含まれていると思われてくる。その一方ではまた、風に孕む、という現象も、確かにあるものと感ぜられる。

私は窓際に居て、薄いカーテン越しに届くこのころの風に撫ぜられるたびに、このようなことを、言葉にもせず、できもせずに、ただ茫茫と感じては、それが極まりそうになるのをあらかじめ回避するかのように、早早に振り切り逃れることを、繰り返してきたようである。かすかな風を感じた瞬間、襲うように胸をしめ上げてくる強烈ないとおしさとともに、その高まりの対極に掘り込まれる深度を、ほとんど反射的に予測して、両極にひらかれる幅を、自分にはとても消化しきれない、持ちこたえられそうにもないものと思う畏れと懸念によって、すばやく忌避の道をとり、その場を去ろうとするのである。

しかしほんらい、その波の襲来を恐れず、厭わず、避けずに向き合い、事にあたる構えと努力とを怠らぬことが、詩にかかわろうとする者のつとめではないかと思われる。たとえ力及ばず果たし得なくとも、心がけだけは維持するべきであろうと、今さらながら自戒する。

ここへ来ての、この自覚と再認識は、近ごろ読み直した『尾形亀之助全集　増補改訂版』（思潮社）に収録された、「傷ましき月評」（詩神第五巻第七号　昭和四年七月発行）によって、あらためてうながされ、もたらされたものであった。

《私は「詩」を詩と言ひ得ない場合が多い。殊に言葉に言ひ表はす多くの場合は「詩といふもの」と言はなければ十分に言ひ表はせない。言葉を換へて言ふと、いはゆる「詩」とは私にとつて「詩といふもの」なのである。詩がわれわれの知るところの「詩型」によつて発達はしたが、そこから生れたものではないといふことを考へてゐるためであつて、三間も五間も離れて見て活字が判明しなくともその組が「詩型」であることだけで、それを詩であると言はなけ

ればならないのを遺憾に思ふからである。》
私が尾形亀之助の詩に出会ったのは、二十代のはじめのころのことだった。昭和四年（一九二九）に発表された、右の文章を書いたころ、彼はおそらく二十八歳、第二詩集『雨になる朝』を刊行したばかりであっただろうか。出会ったときにはまだいくつも年上だった尾形亀之助が、今はすでに年下のひととなって、しかし私には以前と少しも変わらぬ表情で、ふたたび大事なことを気づかせてくれたように感じている。
《散文にも詩があり得る。小説、戯曲、音楽、建築にも詩はあり得る。そして、いはゆる詩型によつて書かれたものにも詩はあり得る。又、月にも花にも詩があり得る。だから散文にも詩がないこともあり、小説、戯曲、音楽、建築に詩がないこともあつた。そして、詩型によつて書かれたものにも同様である。だが、不幸なことにわれわれは「詩型」によつて書かれてゐるが故にそれを詩と言はなければならないことになつてゐる。もつと不幸なことには詩とはいはゆる詩型のことになつてしまつてゐる。》
これらの主張は、私自身の考えともほとんど重なり合うものであるが、今の私にとって大事であると感じられたことは、ここで彼の述べる詩論に共感や納得をする・しないということよりも、むしろ、このような姿勢で〈詩〉と向き合うといった心の持ちよう、その身内にたくわえ、さらに放出する熱、そしてこの態度と活動を遂行するための、一種の覚悟と勇気をかき立てて、呼び起こしてもらったことにある。

ある意味では、引用した主張は素朴ともいえそうなほどの、ごくあたりまえの正論であるかもしれない。しかし私は、彼独特の言い回しと表現の中に、飄飄とした顔つきで、しかし誠実に正確に語ろうとする、ひとりの詩人の真摯な姿を見る。しずかな熱意を内にひそめたこの文章を目で追い、咀嚼し、嚥下するように取り込むうちに、心の洞で消えそうになっていた熾に、どんどんと薪を焼べられるような思いがした。

ここであらためて、〈詩〉と「詩型」について思いを馳せる。

私が思う〈詩〉というものは、やはり「詩型」のことでもなければ、「詩型」に保証されるものでも、証明されるものでもない。

「詩型」には、定型詩、自由詩、散文詩などのいくつかの前例とイメージがあるが、決してそれらだけに限定されるものではなく、一括りにすることもできないものであるはずである。乱暴な言い方を敢えてすれば、〈詩〉は、どのようなかたちをも取り得るものだと思っている。〈詩〉は「要素」であるだろう。風にまざっているような、土に水に含まれているような、あるいは闇や光が醸し出す、雑踏や静寂にひそんでいる、それぞれの中の含有成分、または精髄のことであるだろうと考えている。

それらの「要素」を、「成分」を、どのようなかたちであらわすか、あるいは、どのようなものの中にそのすがたを見るか、組み合わせや可能性を思えば、ほとんど無限に近く、気が遠くなりそうなほど果てしない。

それでも、そこにあるもの、あらわそうとする〈詩〉そのものに沿い、従えば、それらひとつひとつのかたちは、おのずから定まってくるものであろう。それらは、かならずそうあるべき必然性をもったかたちで、あるいは最もそれに近いすがたで、あらわされるはずであろう。〈詩〉が、文学作品としての「詩」や小説にとどまらず、音楽や美術、建築や舞踏、その他のあらゆる文化芸術、そして日日の生活にも含まれ、精髄として、また根拠や端緒として、大小の影響を及ぼし、かたちづくりを要請し、育て養うものであることは、もはや疑いようがないことだろう。文化芸術といえば、科学や数学などさまざまな世界においても、〈詩〉は広くその中に存在し、細胞や核となって、活動を育み、司るものであり得る。

要素としての〈詩〉を追究し、表現することは、言うまでもなく、「詩型」で「詩」を書くひとにだけ許され、もたらされた特権の類ではない。〈詩〉を宿し、〈詩〉に突き動かされる多様な分野、ジャンルがある中で、唯一、〈詩〉と同じ名で呼び習わされる「詩」に関わろうとすることが、どのようなことであるかということを、「詩」を書く上では、常に意識すべきであるだろう。

成分とかたちの関係は、無関係のものではあり得ず、かならずそれぞれに因果やしかるべき結びつきを備えているはずである。なぜこの要素がこのかたちとしてあらわれるのか、このようにあらわすのか。ほかの方法ではなく、「詩」でこそあらわせること。その内容、あり方について、答えや成果は容易に出せるものではないが、畏れながらも逃げずに向かっていけるようにと願う。

すでに〝そこ〟にあるもの

この原稿で与えられているテーマは、「詩が生まれる場所──実作を通して、詩が生まれるときについて考えるところを述べよ」というものである。

しかし正直なところ、私にとってそのような「場所」はない。「詩が生まれる場所」も、「詩が生まれるとき」も。私の実作においては、詩は生んだり生まれたりするものではないからだ。少なくとも、そういう感覚のものではない。書き手が詩を自身の身体を使って紙の上などに書き起こしてひとつの作品のかたちに仕上げること、その行為を指して、「一篇の詩を生む」と呼ぶことは出来るかもしれない。しかしそれは私にとっては言葉のあやでしかない。私自身の実作に限って言えば、詩は書き手（私自身）がひとつの目に見えるかたちに仕上げるものではあっても、私自身が詩を「生む」わけではない。ましてや、私の中に、おのずから「生まれて」くるものでもない。私にとって詩は、自身の身内にわき上がってくる詩興や感慨、感情などを書きつけるものではない。詩はすでに〝そこ（どこか）〟にあり、詩を書く私は、それを見つけ、紙の上に忠実に再現し果すことを、一篇の詩を書き上げるということと考え、実践しているつもりである。私の実作において、詩を書こうとすることは、まず詩を探すことであり、見出すことであり、そしてそれを目に見えるかたちに再現することである。

詩を書くときのこの感覚は、子どものころによくやった、〈字かくし〉という遊びに似ている。校庭の隅などで、一人の子どもが地面に石や棒切れで、ある文字を深く彫りつける。たとえば、〈む〉〈は〉〈ぬ〉などというふうに。彫りつけた後には、文字の上にまた土をかぶせて平らにし、その下に何という文字が彫ってあるか、相手にわからないようにする。そこでもう一人の子どもが、てのひらや指で土の上をなぞって、そこに何という文字が刻み込まれているかを掘り当てる。そんな遊びだ。

詩を書くとき、私にはいつもこの感覚がよみがえる。この感覚、この作業こそが、私の実作における、詩を探し、詩を掘り当てる感覚なのだ。

繰り返しになるが、私にとって詩は、自分の胸の中におのずからわき上がってくるものではない。すでに〝そこ〟にあるものを、自分で探し、掘り当て、見出すものであり、さらにその見出したものを、確実に文字に起こし、書き写していくものである。それは身内にわきあがる感興でも、感傷でもない。むしろ私自身の実作においては、思考や考察にすこぶる弱いこの頭による考えは、一切あてにはしない。それどころか、ほとんどはなから排除すべきものとしている。下手な小手先の技術や愚考を作品に混ぜてしまうことは、作品を濁らせ、間違わせてしまう危険性がある。私にとって詩は、私の思いや主張、感慨や感傷などを歌う場や手段ではない。むしろ、己の主観や愚見を一切排し、ただすでにそこにあるもの、すでに彫り込まれているものを、ただ忠実に掘り起こし、写し取り、再現していくものである。

詩はどこにあるかわからない。それを見つけるためには、つねにアンテナを張り、地を、空を、宙を、手のひらでなぞり、つむった目を凝らし、ひらいた目は瞠っていなければならない。耳もすまし、聞こえない音にも耳を傾けていなくてはならない。詩は、必ずしもはっきりとしたかたちをとって、目に見えやすいというものではない。むしろその反対で、それらはしばしばとても目につきにくい。あるいは目に見えないところに隠れているものもある。それを見つけて、目に見えるかたちにしていくこと、つまり一篇の詩に書き起こすことを、自分自身のなすべき仕事と信じて（思い込んで）作業を続けているのである。詩を書くという作業の中では、見ようとするものの一端が見えていながら、その後も先もまったく見えてこないということもある。逆に、ほとんど見えているのに、どうしてもその一点だけが見えないということもある。そういうときに、決して自らの不確かな想像や小手先の技を弄して、ありもしないところに、捏造した枝葉を接いでいってはならない。それは作品を殺すことになるばかりでなく、自らをも傷つけ間違わせる、やってはならない行為であるのだ。

詩は胸で感じ、その感じや感じ取ったものを手で書き表すだけのものではない。心とからだ全身を使って、もの（＝詩）に触れるためにひたすら歩きまわり、どこに詩があるか、埋まっているかと探し求めて、ようやくそこで見つけたり掘り当てたりした何かを、忠実に、確実に、言葉に置きかえ、紙に写し取っていくものである。こうした作業と運動が、私にとって一篇の詩を書くこと、書き上げるということである。

詩を書く人は多く、その書き手らがどのような書き方をしているかといえば、それは千差万別であるはずである。私の言うような詩作法は、非常に偏った、いびつなものであるかもしれない。しかし、誰がどんな書き方をしたとしてもかまわない。それが詩のよいところでもあり、光である。

私にとって詩は、探すもの、見つけるもの、見出すものであり、そしてそれを写し、叙して、再現するものである。詩を書くために必要な力として、一般的には、鋭い感性や感覚、感受性、想像力など、いろいろと挙げられるかもしれないが、私自身が実作において必要とするもの、必要として求めてやまないものは、ありていに言えば、視力であり、洞察力であり、表現力である。そして何よりも、見つからないものを探し続ける体力と精神力、あらわしにくいものをも表現しようとする努力を持続させる根気と勇気であると言える。それらの力を養って、これからもひとつでも多くの詩を見つけ、目に見えるかたちにしていきたいと願っている。

書くからだ

谷川俊太郎著『詩を書く　なぜ私は詩をつくるか』（詩の森文庫・思潮社、二〇〇六）は、タイトルの通り、「詩を書く」ということについて、著者自身における詩の実作の現場から、様々に書かれた文章をまとめた一冊である。

本書を読んでいるうちに、あっという間にページが付箋だらけになった。桃、黄、緑、青、紫――。本を閉じると、天のところに色とりどりの付箋が、不揃いな高さでぼさぼさと生え出している。緑の付箋をつまんで本をひらくと、そこにはこんな記述がある。

「詩人が生きものである限り、詩も生きものである。どんな詩をつくるということを、前もってきめこむ訳にはいかない。また将来どんな詩がつくれるか作者といえども予見することは出来ない。ひとつの詩は、その詩をつくった詩人の生き方に深くかかわっているものだ。詩人はただ、彼が本当に詩だと思っているものを常に目指していることが出来るだけではないだろうか。一行の詩句が彼の心に浮かぶまでは、詩は彼にとって大変つかみどころのない不安なものなのだ。具体的な言葉をたったひとつでもつかみ得て、初めて彼は詩人として生き始めれるのである。あなたはどんな詩をつくるか、という問に対しては、詩人は作品でしか答えられない。」（「詩人とコスモス」）

文章を読み、自分もまさにそれと同じ感覚であると思っても、自身の中ではこれまではっきりと意識化も言語化もできていなかったことを、著者はつぎつぎに目の前で言葉にしてみせ、やさしく明晰な文章ですっきりと教えてくれる。そういう記述に出会うたびに、だんだん身を乗り出すようにして読みながら、著者の語りに覚える共感と、自身を顧みての相違とが、こちらの頭の中で巨大なてことなって、ぎしぎしと大きな音を立てて、軋んだ歯車を回しはじめる。

一九七六年に発表された文章「ことばのことば」の中で、著者はこう述べる。「いま、この文章を書いているぼくの手の中にあるのは、一本の鉛筆（ステットラーのB）と、原稿用紙（二十字詰二十行組）なんだけれど、ぼくがマジック・ペンとスケッチ・ブックではなく、また毛筆と巻紙でもなく、鉛筆と四百字詰原稿用紙を択んでいるという事実と、ぼくの書くものとの間には、やはり切り離せないかかわりがあると思うんだ」。作者は、自身の書く詩の姿は、「二十字二十行という使い慣れた原稿用紙の形に、あきらかに影響を受けている。ぼくの詩の一行の長さがめったに二十字を越えないのは、そのせいだとぼくは思ってる」と語る。

詩を「書く」ということに重点を置いて考えると、実際に身体のどこの器官をどう動かすかということは、その人の身体の中での詩の発生・生成のメカニズムに密接に関わる重要な要素であり、部分となる。人によっては、手に筆記具を持ち紙に書きつけるかもしれないし、キーボードを打って画面に映し出すのかもしれない。あるいは自らの手は使わず、口述筆記をする場合もあるかもしれない。詩にかぎらず、〈物〉は身体が書くものなのだとつくづく考える。それはかならずしも、その身体が自身の書く物すべてを把握し、指揮し、管理できるということを意味するのではない。たとえその詩がどこからどうやって来たのか、書いた本人にもわからないものであったとしても、誰かによってどこかに書きあらわされた詩は、かならず一個の肉体を通してしか存在し得ない。ひとつとして、同じ姿かたち、同じ経歴を持った身体はないのだから、ハードが違えばソフトも違うというわけで、それぞれの肉体が書く詩、書きうる詩は、自ずとその肉体独自のものとなるのだろう。「独自」ということは、かならずしも「格別」ということを意味しない。単に、その肉体の固有性に付随した、「唯一無二」性を意味するくらいのことである。かたちも性質も他と異なるその固有の身体が、いつ・どのように動くのかは、書き手の感覚や思考、ひらめきなどと深い相関関係を持ち、その身体のもとで何が起こるのか――どんな入出力が行われるか――に影響する。その意味でも、書かれる詩の独自性をつかさどるのは、どの筆記方法を選び取るかを含め、詩を書くその身体そのものだと言えるだろう。

「頭の中の考えは、時にひとつのイメージであったり、予感のようなものであったり、ごく短い言葉の断片であったりして、無時間的だ。だがいったんそれが文章になり始めると、考えはひとつの形と流れと方向を与えられて時間的になり、私たち自身の肉体と強くむすびついてくる。（中略）／そのようにして文章はおのずから、それぞれに特有のリズムをもつようになる。このリズムはたとえば七五のような明白な言葉の調子を指すものではなく、その文章に内在している書き手の、また話し手の時間感覚のようなものと言ってもいいかもしれない。それは聴覚のみにかかわっているのではなく、その一個人のすべての感官を通しての生きることへの感覚とも言うべきものにかかわっていて、文体と呼ばれるものを出現させるひとつの重大な要素になっていると思う。」（「言語から文章へ」）

著者はまた、「職業としての詩人」についても、本書の中で幾度となく触れる。このことは、趣味というものを超えたところで詩を書き続けようとする人にとっては、いつも切実な問題である。それに関する記述に出会うたびに、詩を書くこの身体は、まなこをいちいち見ひらいた。

詩と小説のあいだで

椿の花の柄のついた便箋と封筒を買った。水仙の柄のついたものも。少しはやいが、これからの季節に使うために。ひとつの冬（春）仕度と言えようか。

四季の変化に応じて、季節の花々や風物をモチーフとした品を揃える店頭にて、棚に見るものに季節の移り変わりを感じては、一年のめぐりのはやさを思う。

この一年、自分は何をしていたか——。

その問いは、避けがたく身内に湧いては降りかかり、否応なしにわが身を振り返らせては、何もできぬままに時間ばかりを費やした——という悔恨と猛省とをうながして、にわかに自らに渋面をつくらせる。

詩をあまり書かず、それ以外のものも充分に書かなかった。世の人と等しく与えられた一年三六五日。それを一体何に費やしてきたか。有効に使い、生かしきれたか。問われたところで、答えようもない。

しかし敢えてそれに答えようとするなら、そのうちの少なくない時間と割合を、「詩と小説」について思いめぐらし、試行錯誤することに費やした、と言うことができる。「詩」だけではなく、「小説」だけでもない。「詩」と「小説」、その両方について、考えることが多かった。双方における相違や近似、関係性について、あるいは、そのはざまから生まれる、あたらしいものへの可能性についてなど。いずれも理論上のことではなく、あくまでも実践・実作の上での課題として、その、はじめから明確な答えなど得られそうにもない問いの答えを求めては、いつも探しあぐねて、迷い、惑うばかりであった。はかばかしい進展を得ず、もちろん解決も見ぬままに、それでも時間だけは容赦なく過ぎてゆき、こうして今年も終わりに近づいている。

浦島太郎。

自分で掘ったあなぐらの中に落ち込んで、めり込むように潜り込んで日々を過ごし、今年も終わるというころになって、ようやく浜辺に戻りつつあるような気がしているものの、そこはもといた浜辺ではない。砂の上に、「今年の詩について」という問いが記されていても、私にははかばかしい返答をすることができない。しかしながら、今年触れたわずかばかりの詩書のなかにも、とくべつな印象を残す作品は確かにあった。ただし、今年発刊された詩書をくまなく見渡したわけではない自分である。ここではささやくような声で、つぶやくように記すばかりである。

伊藤比呂美著『とげ抜き　新巣鴨地蔵縁起』（講談社、二〇〇七）は、今年あきらかに何事かを果たした一冊であると思える。「あきらかに」「何事かを」という形容は、一見矛盾したもののようでありながら、事実、正確さをはらんだものであるだろう。

本作は、今秋、第十五回萩原朔太郎賞を受賞した。が、この作品の読者、あるいは一度でもそれを目にしたことがあるひとなら、おそらく誰でも、本作品（本文）の姿かたち、たたずまいに、思わず立ち止まり、思いをめぐらせることになるだろう。「新潮」二〇〇七年十月号に掲載された選評を見れば、選考の過程においても、この作品が、「詩であるか、否か（あるいは、詩か小説か）」という点について、随分議論がなされたらしいとわかる。その議論を経た結果、本作は、「現代詩」に贈られる賞を受けた。そのことをもってしても、この作品は、著者自身が「詩」であると称しているというだけでなく、あるいは著書の帯に〈長篇詩〉と書かれているという理由からだけではなく、すでに公にも「詩」であると認められた、またはそのように受けとめられた、ということにもなる。

「群像」二〇〇七年七月号に掲載された、著者と津島佑子氏との対談「詩と小説のちがい、という切実な問題」は、この「詩集」を読む前に、非常に興味深く読み、とても貴重なものであると思った。私が本作のことを知ったのは、同誌における連載開始時であったが、以降、毎号もらさずに読んでいなくとも、このような、詩とも小説ともつかない、しかしどう見てもやはり詩というほかはなさそうな作品が、詩の専門誌ではなく、主に小説を扱う「月刊文芸誌」に「連載」されているという事実が継続されているのを折に触れて確認するだけで、まずは充分大きな喜びと、少なからぬ希望を感じることができた。のちに一冊にまとめられた本書によって、その内容に触れ、あらためて、著者が詩と小説のあいだで成した快挙と功績に対し、昂揚する思いを抱いた。本書の最もすばらしいところは、「感動」にある。書かれるべきものを、最善のかたちであらわし伝えるものが、この独特の語りと形態であったと言えるのだろう。

本作が、最終的には、やはり「詩」というほかないものであると思うのと同時に、しかし一方では、これを「詩」である、と単純に言い切り、言い習わしてしまうことには、どこか勿体ないような、物足りなさも感じる。最後には「詩」と呼んで（称して）もらいたいと強く思いながらも、それでも敢えて私は、本作について、もう少し別の可能性と余地を残して考えてみたいという思いにも駆られる。詩とも小説ともつかない、何とも未だ名づけようのない書き物、そういった領域に踏み込んで、堂々とその境に立ち、あるいはどんと座り込んで確かに位置を占めるもの。境界上にふらふらと漂う、曖昧な、どっちつかずのものであるなどといった否定的なニュアンスで捉えられるべきものではなく、既成の分類にはおさまりきらない、枠を超えて、新たな時空、領域、情操を切り拓いてゆくもの——が、きっとこの先にも、新しいかたちで、作品として、分野として、誕生し得る余地があるのではないか。そんな予感や希望を、またひとつ確信と実現に近づけるという大切な仕事を、本書と著者は成したと言えるのではないか。詩と小説の間で苦闘を重ねてきた著者だからこそ到達し得た境地であり、生み出された作品であると思われる。

この作品と初出連載期のほぼ重なる、昨年初頭から今年の初頭にかけて本誌に一年間連載された作品を中心に編まれた、蜂飼耳の詩集『隠す葉』（思潮社、二〇〇七）もまた、非常に刺激的で、感じること、考えさせられるところの多い一冊であった。

連載時から、毎月一篇ずつ読むときの緊張感にはおびただしいものがあった。長篇詩のなかに、研ぎ澄まされた神経と意識が途切れることなく張りめぐらされ、知的で冷静な表情を保つ言葉の下に、相としては明らかに浮かび上がっては来ないものの、確かにそこに静かな狂気のように鋭く光るものをはらみ、しのばせている。エッセイや小説などの分野でも旺盛な活動を進める著者の、他の分野とは通底するものを感じさせながらも一線を画す、より硬質で妖光をきらめかせる言葉で世界を紡ぎ上げては突きつける詩集である。

詩と小説について考える時間のなかで、この二冊との出会いは重要であった。

詩だけではなく、小説だけではなく、その両方のあいだで、言葉について、内容について、それぞれの表し方、かたちについてなど、さまざまなことに意識を払い、考え続ける作者によって、まったく異なる世界とすがたを見せる「詩」が提示された。

これらの作品をどう受け、これからにつなげていくか。来年はもっと詩を書こうと思いつつ、ふたたび私は考えはじめる。

〈偽記憶〉という虚構の真実

日暮れ前。少し肌寒い。駅へ足早に向かっていた。いつもとは違う道を通る。傍らの家の庭に、八重桜が咲いている。それを見上げて通り過ぎるわずかの間に、一台の自転車に追い抜かれる。自転車には無人。というわけはなく、漕ぐ人の後ろに、灰色の籠。その中に、女の子がひとり座っている。安心しきったように、両脚をぶら下げ、わずかに仰のいている。見送る私の脳裏に、ある記憶がよみがえる。あれは幾つのときだったか。家のそばに架かる橋の上。年のはなれた姉の漕ぐ自転車の後ろに乗せられ、私はしがみついている。こわくて、こわくて、おろしてくれと何度も頼むが、姉は一向取り合わない。重たそうによろよろと走る自転車は、今にひっくりかえるに違いない。泣きべそをかきながら訴えても、姉は自信ありげに大丈夫だと笑いながら漕ぎ続ける。おそろしくもあり、いとおしくもある、遠い日の白昼のひととき――。気がつくと、自転車の籠に乗った女の子は、いつのまにか視界から去っている。

入沢康夫の詩集『かりのそらね』（思潮社、二〇〇七）は、二作で構成され、二冊から成る。そのうちの一冊、十篇の「思ひ出」を綴る連作詩「偽記憶《ぎきおく》」の最初の一篇、「海辺の町の思ひ出」は、このようにはじまる。

〈もうさうなつて来ると　息つくひまもなく　ざらつく夜闇が落ちかかつて　その路地を浸した　真正面に海の見える狭い牡蛎の殻を敷きつめた細道　わづかに路面にこぼれた燈影　その路地へ　思ひ詰めた横顔を見せて　踏み込んで行くのはそれは　まちがひない　九歳の私だ〉

冒頭からいきなり、〈もうさうなつて来ると〉……と書き出されると、それが、どうなつて来ているのか、さだかではなくとも、読者は必然的に、詩篇の中にぐん、と引き込まれ、からだごとすでに埋まり込んでいる。

綴られる十の「思ひ出」は、〈九歳の私〉からはじまって、十四歳、十七歳、小学一年、十歳、十二歳、六歳、小学一年（七歳か八歳）、五歳、十五歳まで、時代も場所も異なる、時空ごと混ぜ返されたような混沌の中から抽出された、純度の高い精油のような〈偽記憶〉である。一篇ずつ読みすすめるうち、ぽたり、ぽたりと、脳蓋の内側に精油が落とされ、その一滴一滴が、特殊な、しかし普遍に通じる模様を描いて、おそろしいほどのびひろがってゆく。そこに満たされた数々の情景や言葉は、凝縮され、まびかれ、入れ替えられ、ふさがれ、抜き去られ、あらためられ、塗り直された「思ひ出」を再生する。入り乱れ、混ざり合い、少しも整ったものではありえないはずのものが、不思議に整然として、静けさをたたえ、まがまがしさの領域に踏み込む既《すんで》の所で、幽玄の美に通ずる妖気をまとった姿で、佇んでいる。

「偽記憶」を読んでから、今まで自明のものとして、疑いなしと思われていた「記憶」や「思い出」というものが、にわかにあやしく、得体の知れぬものとなった。すべての「記憶」や「思い出」は、「事実」の類とは次元の異なる場所に刻まれ、保存されたものであるのだということに、今さら気づかされたように、はっとして、探りなおす。

「偽」の対義語が「真」であるとするなら、〈偽記憶〉の対極にあるのは、〈真記憶〉であるだろうか。しかし、〈真記憶〉などと呼べるものが、果たして本当にあるのだろうか。

私は、冒頭に記した最近の数秒間の出来事を、確かな（ただの）記憶だと思っていた。数日前のごくわずかな時間の中に、二十年以上前のひとときの記憶が、呼び起こされ挿入されて、あらたな記憶をかたちづくっている。

本作を読む前の私なら、このへんてつもないひとこまを、特別眺め返すこともなかったどころか、そもそも記憶にとどめていたかどうかすらわからない。しかし、それを読んだ私にとって、比較的あたらしい記憶すらも、これまでとは違った目で見つめずにはすまされなくなった。「偽記憶」を示されたことによって、はじめて、〈真記憶〉などというもの自体のあやうさ疑わしさに直面し、かえって〈偽記憶〉という虚構の抱く真実性が、濃く浮かび上がってくる。

〈偽〉とは何か。この作品における〈偽〉の意味は、詩集から妖物のように大きく抜け出して、読む者のからだと、その周囲へと、確実に影響を及ぼしていく。

〈偽〉とは、「詩」というジャンルを越えて、創作および芸術全般に普遍的に通じる概念ではないのか。〈偽記憶〉＝「思ひ出」＝虚構を綴るこの作品は、そういった抜き差しならない真理に、否応なく目を向けさせる。

もう一冊を成す長篇詩「かはづ鳴く池の方へ」もまた、「詩」とは何か、「詩」とは何だったのかをあらためて考えさせ、「詩」のとりうるすがたかたちや、佇まいの可能性について、予想もしない方途を示して考えさせる。

深い思索が交差し、綾をなして、示唆と刺激に富んだ『かりのそらね』を構成する。作品で何かを示すとは、作品で何かをするとはこういうことであるのかと、教えられる『かりのそらね』体験であった。

書き続けること

思うような小説を書くことができたら幸福だろうと思うが、それができていないからといって、不幸であると言うこともできない。思うようなものを、思うように書き果す、という幸福を、自分も感じてみたいと思うが、同時に、自分が思いもしなかったものを書くことができたら、それもまた幸福だろうと想像する。そんなことを言っているのは、自分が小説を書くよろこびを、まだほんとうには感じることができていないからなのだろうかとも思う。小説についてはっきりと何か摑んだと思えるような、納得のいくものを書くことができたとき、今とは違う幸福を知ることになるのだろうか。そのように思えば、今のしあわせが、かえって大切なものにも思われてくる。

私は詩を書く一方で、小説も書こうとしてきたが、それは実際、ほとんど対極にある物事を同時に果たそうとすることであり、それを行うためには、身体の中の自然や意識や理想にしばしば反し、さまざまな点で矛盾や無理や違和感などを生じさせることともなった。

しかしながら、もはや今となっては、それぞれがそれぞれに作として生き、成立するためには、それぞれの特性やよさをかならずしも潰し合わなければならないようなものとしてではなく、互いが互いをより生かし、助ける要素をもつものとして、自分の中に存在しているのを感じている。

私はこれまで、満足に小説を書くことができず、いつもそのことについて自身に不満足を抱いていたから、とくに自分自身のこととしては、〈小説〉と〈幸福〉を結びつけて考えることはできなかった。そもそも、自分を〈小説家〉と考えることもできなかったから、〈小説家の幸福〉というこのエッセイのテーマは、本来自分とは結びつきようのないものだという気がしていた。

けれども、このテーマについて考える中で、これまでとは違う気持ちと向き合い方で、これからは小説にも取り組んでいこうという思いが新しく出てきた。自分に無理矢理な力を加えてでも、考え方をそのように変えることにしたのだったが、気持ちが変わったからといって、実力や能力や作の出来がにわかに向上するわけではないだろう。それでも私にとっては、そうすることで、自分自身が小説に向き合いやすくなり得ることの方が、大いに意味があるのだった。小説を書くことを、自分にとって自然な行いにしたかった。

気持ちを切り替えたところで、あらためて自身の足元を見まわす。満足に小説を書くことができないでいるところから、一刻も早く、どうにかして抜け出したいともがき続けているのが現状であったが、これまで絶えず自分につきまとっていた不満足も、突き詰めてみれば、これほどまでに不向きな自分であったにもかかわらず、今なおこうして小説に取り組み続けることができているという幸福の上にこそ成り立っているものであって、その取り組みを続けていられるということ自体が、自分にとっては不思議で得がたい幸福であったのだと気づく。自身の能力や向き不向き、作に対する満足不満足を云々する以前に、これまでどういう次第であったかさまざまなかたちで与えられてきた機会や助けによって、今も自分が小説を書こうとし続けていられることそのものが、じつは特別な幸福であると言えるのかもしれないと、ようやく思うことができるに至った。

これからも小説を書いていくのであれば、できればその仕事によって人の役にも立ちたいと考え、当然そうでなければならないようにも思うが、そういった欲を出す前に、自分自身がほんとうに納得できるものをまずは書いていくことが必要だとも考える。そのようにして書いたものがめぐりめぐって、いつかどこかで、自分以外のひとやもの・ことにとってもよい働きをし得るものになればよいと思う。期待することまではできないが。

こうして書き続けていくうちに、いずれは小説を書くことが好きになれたらと思う。とはいえ、一作一作を書き上げるまでの作業や過程そのものが、楽しかろうと、苦しかろうと、結果としてよい小説をあらわすことができるのなら、それ以上は望みようがないのではないかとも考える。真の〈小説家の幸福〉ということは、私には知り得ないものだとしても、自分が小説を書いていくことにおいては、やはり書き続けることでしか、それにまつわるどんな〈幸福〉

にも触れ得ないのだろうと思われる。よい小説、思うような小説を書きたいと思っているが、かならずしもそれが自分にとっての小説を書くことの意義や目的ではないのかもしれない。現実を生きる自分が、創作や虚構に常に支えられ、生かされているのを実感している。取り組むものがあり、それが簡単には終わらないということは、それ自体がしあわせなことかもしれないとも思う。それで結局のところは、書き続けていられることそのものが、ただただしあわせなことに思えてくる。自分はすでに幸福な時間の中にいるのだと感じる。

雨垂れを受ける甕

激しい雨の降る日だった。

最寄りの駅を降りると、雨の流れる車道の脇を、私たちは縦に並んで、まっすぐに寺へ向かった。私は後ろを歩きながら、前を行く姉のかかとを見つめていた。傘をさしていても、大粒の雨は前から横から後ろから、容赦なく降りかかり、はね返りが足元を濡らした。前と後ろで、ときおり交わす言葉も、傘に阻まれ、雨音と雨道を走り抜けていく車の音に奪うように連れ去られては、かき消された。これくらいひどく降ると、記憶に残る、そんなことを言い交わしたのだったかどうかは覚えていない。あの日の雨も、こんな風だったのかしら、そんなことを口にしたかどうかも、忘れてしまった。

一度くらいは、桜桃忌に墓参を、とそれまで長い間考えていて、ようやくその日、叶ったのだった。もう何年も前のことになる。手帳やノートをひらいてみれば、それがいつのことだったかわかる。しかし、記憶とはこんなときのためのものではなかったか、と自分の頭に問うてみる。あれは何年前の、六月十九日のことだったのか。このごろは、訊いてもすぐには教えてくれないことも多くなった。まだはやいよ、そう言ってくれるひともある。

太宰治の墓の前には、お参りするひとびとが、すでにたくさん集まっていた。雨が降りしきるなかで、ゆるむ地面にじっと立ち止まって墓を見つめ続けるひとたちの間をかいくぐり、行列のあとに続いて順繰り墓の前に進んだ。墓前には、きれいなさくらんぼがぎっしり詰められた箱が、いくつも供えられている。おびただしい数のお供え物は、洗うような雨に打たれながら、はす向かいにある森林太郎の墓の前にまでひろがっていた。

——何も、持って来なかった、ね。

お参りは短く、挨拶だけをすませるように、墓の前にたたずむ一瞬のうちに、手を合わせて目を閉じる。山門をくぐり、この墓所へと進む途中に前を通って来た斎場では、これからはじまる集いの準備が整えられていた。私たちは墓前を辞すと、ふたたびその前を通り過ぎて、山門を出た。

〈子供より親が大事、と思いたい。〉

太宰治の小説「桜桃」は、死の一箇月前に、雑誌「世界」に発表された。否、この作品を発表した一箇月後に、太宰治はこの世を去った。

季節がめぐってくると、ひさしぶりに今年もまた、などと、ここのところ、毎年思う。六月に入り、幾日かが経ったころ、まるでタイマーでもセットしてあったかのように、ふいに思い出しては、今年もまた、とあてもなく考えて、空を眺める。その言葉のあとに続くのは、行ってみようかな、であるのか、行かないのかもしれない、であるのか。どちらとも決めかねる答えを放り出して、伸びをしがてら振り返って本棚の奥から文庫本を取り出す。

〈私は人に接する時でも、心がどんなにつらくても、からだがどんなに苦しくても、ほとんど必死で、楽しい雰囲気《ふんいき》を創《つく》る事に努力する。そうして、客とわかれた後、私は疲労によろめき、お金の事、道徳の事、自殺の事を考える。〉（太宰治「桜桃」）

　あの日、山門を出たあと、私たちはもと来た道を戻ったのだったか。頁をひらき、ひさしぶりに読み返しながら、そんな思いが脳裡をよぎる。寺からの帰り道のことは全然覚えていない。山門の次に思い浮かぶのは、別の駅前の果物屋で、さくらんぼを買っている場面だった。電球のぶら下がった店先で、さくらんぼのパックを半透明のビニール袋に入れてもらうと、私は一緒にいた姉があたらしく住みはじめた家に向かって、ともに歩きはじめた。

　ござっぱりと片付いた部屋で、小さな卓を挟んで向き合い、洗ってもらったさくらんぼを、二人で分け合って幾つも食べた。おいしいね。おいしい。そんなことを言い合って食べたのだったか、さくらんぼはおいしかったはずだから、たぶん、そう言っただろう。忘れたわけではない、あの日のことは覚えているのに、記憶は映画のフラッシュや紙芝居の絵のように、何枚かの断片を残すばかりだ。場面と場面を行きつ戻りつ、繰り返し眺めてみては、その間と間をつなごうと試みる。わずかに残された土器の欠片のまわりを、白い漆喰で埋めていこうとするように。

記憶はさみしい。どんなに大切だと思っても、知らぬまに、失ってしまっているものだから。それだけでなく、いつか勝手に、つくり上げてしまうこともあるものだから。あのとき外では、雨が降り続いていた。昼間の部屋に蛍光灯がともり、器に盛られたさくらんぼの粒が、水滴をはじいてみずみずしく光るのを見て、これ全部食べていいのね、と私は言って、うれしかった。どんぶり一杯、お腹いっぱい、こんなふうにさくらんぼを食べてみたかった。私がそう言うと、自分の場合は、ざる一杯のいちご。そう、姉は言った。

〈しかし、父は、大皿に盛られた桜桃を、極めてまずそうに食べては種を吐《は》き、食べては種を吐き、食べては種を吐き、そうして心の中で虚勢みたいに呟く言葉は、子供よりも親が大事。〉（太宰治「桜桃」）

私はかつて、創作というもののことをずっと思い続けながら、いつか自分が、創作以外の文章を、つまりエッセーや随筆というものを書くようになるとは、一度も考えたことがなかった。私にとって、「書く」ということは、すなわち「創作」であり、どんなときでも、「虚構」としかつながっていなかった。「書く自分」から「虚構」という内臓を取り去ってしまったら、そこにはからっぽの管《くだ》のほかには何にも残らない。管が管のことを書くことなど、想像したことすらなかった。

「書く自分」、すなわち『管』にとっては、「虚《きょ／うつろ》」がすなわち「腸《はらわた》」であったのだから、それのほかには、そもそもそこに、何か書くべきものがあるとも、書きあらわしたい何かがあるとも思わなかった。素の自分のことなど、本当は今でもそうだが、書きたいことは何もないし、むしろ何も言いたくない。

それでもこうして、いつからか創作でない前提の文章を書くようになった今、事実と虚構、その関係や狭間でよろめきながら、ひさしぶりに読み返した「桜桃」に、太宰治に、思いがけず、一瞬で何かを直《じか》に教わったような気がするのだ。それはにわかに言葉にするのは難しい何かである。虚構の力と、事実の力。その両方の間にいて、両方を含むものについて。書き手自身とは何であるのかということなど、そんないくつかのことについて。「虚構」というものを、それはどういうものであるかということを、そのありようやはたらきについて、私がかつて最初に意識させられ教えられたのは、太宰治とその作品からだったように思い返す。

残された一片の欠片から、ひとつの甕を再現すること。私にとっては、あるいはそれが創作であるとも言えるかもしれない。ありもしなかった間違った甕はけっして創り出さないこと。正しい甕を再現したいと、そう願いながら、小さな欠片のまわりを見つめる。

三、家と物

私の郷土玩具

昔、わらわべであった頃なら誰しも、家の中にこわいもののひとつやふたつはなかったであろうか。

私には、あった。当時ならまず多くの家庭にもあったであろう、「タンスの上の人形ケース」である。

私が生まれたのは昭和四十九年（一九七四年）であるから、おおよそその前後の頃のことである。テレビはあってもビデオデッキなどまだ、という時代。その頃には、友達の家にも、親戚の家にも、そのようなものは、あった。そしてどこの家でも、大抵決まってタンスあるいはそれに類する棚の上あたりに、件のガラスの人形ケースは置かれているのだった。我が家にも、両親の衣類箪笥の上にそれはあり、その中には、こたこた、がらがら、地方のお土産らしき置物や、お人形などが、房の付いた赤や紫の小さなおざぶが敷かれたり掛けられたりする中に、あるは鎮座し、あるはこてと倒れ、あるはケースの内壁に寄りかかるようにして立つなど、ががやがやとましますのだった。

しかし、それらのケースに漂うものは、ある独特の湿り気と匂いを帯びたものだった。子どもの手には決して開けることの出来ないそのケースの内にも、また外にも、じんわりとしみ出すうっすらと色のついたような破れ目のある厚ぼったい空気が、それを見上げる鼻先に、しずかに漂って来るようなのであった。中でも、例えば傾いて頭髪のずれたような玉眼のわらべ人形などは、幼い私には殊にこわいものだった。だが、それを含め他の全体についてもこわいと感ずるのは、実際には、具体的にその様相からくるものではないのだった。それは、それら全体に漂う、幼い子どもにはとても受けとめ切れない、ある大きな気配なのであった。それらは、今ここ目の前にあるものなのに、どこか遠いような、懐かしいような、さびしいような、わびしいような、かなしいような、自身に説明し得る言葉を持たない子どもには、どこか慕わしい気のする一方、それゆえに却って不安をかき立てる、おそろしいものなのであった。

　当時は、高度経済成長の時代を経て、ディスカバー・ジャパン、ふるさと志向、等々といったことばや事象やムードとともに、民芸ブームなるものがあったようである。そのことは、振り返ってみるとなるほどあれはこれのことだったのかと、今になって確かに合点がいくようなものである。とくに趣味といえる域にまでおよぶでもなく、まして理念や思想などがあってということではおそらくなく、ただひたすらにごたごたといわゆる民芸品・郷土玩具を宝のごとく詰めたあの人形ケースも、その象徴的なもののひとつであり、且つ現象そのものだったと言えるのだろう。

それらの動きに関しての賛否論は、これまでにもさまざまにあったことだろう。が、実際にあったそんな動きや現象は、賛否とは別に、まぎれもない歴史の事実として、当時のある一人の子どもの体には深く宿り、何十年ふつふつと血の中をめぐり生き続けて来たのである。当時、目鼻喉の粘膜という粘膜から沁み込んで来ていたあの匂い。ノスタルジーや郷愁などという甘露だけでは済まし得ぬえがらいものさえ含んだあの気配。それらは私の中で、ずっと漂い続けていたのである。

数年前から、その血が時を得たのか、もぞもぞと動き出した。気が付けば私は郷土玩具にゆかしく興味を覚えるようになっていた。それはやはり、昔と繋がりなく、たった今現在の私が単独で郷土玩具というものに新たに興味を覚えたというものではない。時が来て、やはりあの頃「こわい」ということばでしか感応し得なかったあの気配に、どこか当然のごとく、触れ直さなければならないようなものであったのだとも感ずる。

私がなにゆえに郷土玩具に惹かれ、それを求めて歩くのか、その概論的な答えなら、自ずと知れている。しかし求めたいのはその奥のことである。身にぴったりと添う、寸分の隙間もなく心身に馴染む答えである。そんなものがもとよりあるのかどうかわからない。けれどそれを求めてしまうのは、恐らくは頭ではなく、知らぬ昔から代々受け継がれて来た、得体の知れぬこの肉身なのであろう。これは郷土玩具だけではなく、私の民俗全般に対するなきたいようなゆかしさの根っこであると思われる。私という人間の中の、私だけではないものが、うごめいてそれを求めるのである。

当時どこの人形ケースの中にも必ずひとつは入っていたであろうものに、こけしがある。東北地方の伝統こけしは、数多ある日本全国の郷土玩具のなかでも、最も知られたもののひとつである。こけしを知らない人は、まずいない。だが、こけしをよく知っているという人は、ことに現代においては、どれほどいるであろうか。「私の郷土玩具」は、いつだったかおそらくこのこけしからはじまった。行李ひとつで世過ぎをしたいと思っていた自分が、今では幾つもの箱に郷土玩具を詰めはじめている。

展望台から

机の上に、小法師が載っている。だるまが載っている。河原で拾った小石が載っている。水晶玉が載っている。瓢箪やこけし、張り子の赤べこ、土人形の睦み犬が載っている。水滴の寿老人。徳利に描かれた赤ら顔の布袋。指人形の黄色い鳥、小さな獅子頭や親子亀、文鎮の朱兎……。雑然とした、荒涼としているとさえ言える場所に、彼らは互いにつながりも次元も異なる他人のような顔をして、ひとりずつ、しずかに点在している。それを眺める私自身も、その荒地の群の中にある。

東京の池袋には、サンシャイン60という建物がある。東京タワーよりも高い。田舎に暮らした子どものころ、隣の家の松の木が、何度どう見なおしても、天まで届いているとしか見えなかった。そのころから話に聞いて憧れていた、得体の知れぬ建物の最上階の展望台に、大きくなってから勇んで上がった。視界三六〇度、地上二四〇メートルから見下ろす東京の街並みは、廃墟に見えた。白く霞み、舞い上がる粉塵に煙《けぶ》る瓦礫の街のようにも見えて、すばらしい見晴らしだ、と心躍らせるよりも、ついと目を背けたくなるような、憂鬱さのほうが強く胸に刻まれて、以来、長いあいだ、東京の展望台を避けていた。

あれから十年くらいの時が経っているだろうか。近ごろ、所用で、サンシャイン60を訪れた。地上数十階で用事を済ませると、そのあとの約束までに、ぽっかりと時間があいた。のぼってみようかな。ふいに、そんな気になった。矢印に導かれてエレベーターに辿り着くと、地下一階から地上六〇階まで直通でわずか三五秒。ブラックライトの中に星座や海中のいきものたちが浮かび上がるエレベーターを降りると、すぐそばが受付で、料金は六二〇円だった。

平日の昼間で、展望台に人の姿はまばらだった。天候はうす曇り。東京の街は、やはり、白っぽく霞んでいる。しかし、瓦礫の街には見えない。上空数百メートルか数十メートルか、その距離は目では測れないが、かすかに見えてくる黄色がかったうすい雲のような層が、街全体を覆っている。汚染された大気だろうか。そんな煙のようなものにまんべんなく上空を覆われた街は、それを知ってか知らずか、真下で厳然とそのいとなみを続けている。目を凝らせば、意外とこまかなところまでが、つぶさに見てとれる。全体を構成し、細部そのものとなって確かに息づくひとつひとつの存在が、気遣わしくまた健気に映った。コンクリートジャングルと呼ばれる茂みの中で、陰であれ日向であれ過酷に生きて暮らすものたちの、密やかで荒い息づかいが、目には見えないところからまでも、伝わってくるようだった。

あきらかに、変わっていたのは自分自身のほうだった。街のあり方そのものは、おそらく十年ほど前とは、さほどまでには変わっていない。同じ場所からの同じ眺めを、廃墟と見、瓦礫のようにしか見られなかったそのころの自分のこころが、はっきりと思い出せる。それと今の見え方との変化に気がついたとき、いきなりすっと胸の中に、生えるようにひとつの塔が立った。冗漫なようでもあり、またときには激しい起伏を持ってうねる険しい道のりを歩き続ける中で、そのときどきに、何かに思いをいたしていくことは、しるしの杭を打ち込んで歩くことにもなる。そのとき確かに打ち込んだ杭は、のちのちをゆく自分の中で、矩《かね》のようなものにもなる。

ゆるい杭は、いつのまにか倒れたり、朽ちたりもする。振り返ってみても、すでに土に還ったあとで、あとかたもなくなっていたりする。そういうものは、矩にはならないような気もするが、かえって血肉に溶け込んでいたりもするから、ひとくちにはよしあしは言えない。立ちどまっても、歩きながらでも、簡単には言えないことばかりだと、ふいに口をつぐむ。

東西南北、展望台をぐるぐるとまわりながら、自分がいつも寝起きし、あたまを掻きむしって向かう机上に坐《ましま》す朋輩たちと棲むねぐらは、一体どっちかと探す。ちいさい。ちいさいことだ。なんにしても、ささいな、ささやかなことだ、という感懐も湧く。あの線路沿いだから、するとあのあたりか……などとあたりをつけてみるが、定かではない。定かではないことばかり、と遠くにあるはずの見えない山へ目を遣る。やがて自分はここを下りて、ふたたびあの街の中に潜っていく。そこでまたかそけきいとなみを続けるのだな。そう思うと、自然と口元がほころびていた。

ともに過ごす

住みはじめて十年以上になる部屋で、すでに短くない年月をともに過ごしている小さなものは幾つもあるが、その中から三つを挙げてみる。

まず、ひょうたん。

いつだったか旅先で買ったものが、三つばかり。棚の隅に、ごろごろ寄り集まった姿で寝たり起きたりしているのが目に入ったから、久しぶりに手に取ってみた。どれも、手のひらに載る大きさ。かるい。振ると、三つとも、中でかわいた粒のようなものがわずかに擦れ合う音がする。種か何かだろうか。人間でいうところの腰のくびれか、あるいは首のほそまりに相当するあたりと、頭頂または口のとがりにでも当たろうかという部分に差し込まれた木の栓には、赤い紐が巻かれ、封されている。それぞれが纏う唯一の衣装ともいえる封印と装飾の結わえ紐が、三つが三つとも赤であるのは、私がその色ばかり選んだからで、売られているときには他の色のものもあったのだった。皆、何か思うところもありげだが、ぼんやりとあかるく、不満とも満足とも言わないようす。もの言わぬ三体に、どうですか？　どんな気持ち？　と訊いてみたくもなり、一つずつ順番に手にして、ふたたび振る。

か、しゃ、じゃ。

す、す、つ。

しゃ、っさ、しゃ。

栓をあけて、もしくは腹を割って、中を覗いてみることはしない。何が出てくるのか、こわいような、知りたくないような気もする。容器や楽器として使用するわけではなく、飾れば部屋がうつくしく見えるというものでもない。使い途がわからないが、今さら捨てようとは思わない。いつも部屋の片隅にあって、ときどき視野に入る。あ、あるな、と思う。そこにあることが大事なんだ、とことさら思うでもなく手元に見つめ、こんなにかるかったのかと、持つたびに予想を超えて心もとない、その浮くような手応えに幾度も驚く。振っても振っても、響きとは呼べない虚ろな音がするばかり。中身、何？ ほんとうに入っている？ 自分もこれらのようだと気づく。

その隣に、いつも机上で活躍している朱兎の文鎮を並べてみる。随分前に、近所の古道具屋で求めたものだ。両耳を背中の方へと寝かせ、左耳はまっすぐにし、右耳は少しゆるめている。小さいがどっしりとした構えで伏せをして、しっかりと紙を押さえる。便箋や葉書、ときには本のページまでも。見ひらかれた切れ長のまなざしは鋭く、じっと前を見据え続けている。厳しい表情や姿勢は静かで強い意志を感じさせる。常に黙黙と、粛粛と、的確に用や役目を果たし、力を貸してくれている。

最後に、小だるま――。と机脇の棚へ目を遣ったら、いつもいるはずのところに姿が見えない。どこへ行った？　同じ棚には、ほかにもあれこれ郷土玩具を並べている。見まわすと、自身と似たような体型をしたミニ内裏雛の金屏風の陰で、小だるまはひっそりと、願い事を託されていない白い両眼を光らせていた。

新しい年も

元日、郷里で家族と年頭の挨拶を交わし、屠蘇をいただき御節料理や雑煮をしたため語らったあと、ひとまずおひらきとなり、御重や食器を片付けてから、ひと息つく。お酒が入り、お腹がふくれた家族は、手のあいた者からそれぞれひとねむりしたり、年賀状やテレビを見たり、本や新聞を読んだりと、思い思いにときを過ごす。こたつに入ってうたた寝するひとがいれば、互いに毛布や布団を掛けたり掛けられたりして、にぎわいのあとのしずかな午後のひとときがおとずれる。何とも平凡で、しかしこうあることの難しい、ありがたいお正月の過ごし方であると感謝する。元日は一年のうち一日だけ。そして人の数だけその過ごし方はあるのだろう。この日にかぎらず、一年のうちのどの一日もそうなのだと意識する。

郷里では、年によって、雪が降り積もる元日もあれば、雪のないからんと晴れた元日もある。雪が降る年には、折を見て外に出て、玄関先の花壇や道路脇の雪に触り、その感触や雪質を確かめ、積雪量や降り方を目で測りながら、新雪をそっと摑んで雪玉をつくる。素手で雪を摑むと、手のひらはじんじんと熱い。片手や両手で次次に握った雪玉を、幾つか宙に放り上げたり、雪の上で転がして、さらに大きな玉にしようと試みる。雪が降るのが嬉しいわけでもなく、ただほんの少し雪景色をのぞいてみるだけ、というつもりで防寒具を身に着けずに出てそんなことをしていると、いずれ降る雪片が襟首からすっと入って、ひやっとする。つめたいつめたい。首をすくめてふたたび家へ入ったあとの玄関先には、大抵、手のひらに載るくらいの小さな雪だるまが残されている。いつの間にかそれも消える。

そうこうするうちに、新年の第一日目は刻刻と過ぎてゆき、夕食の支度がはじまる日暮れ時は、あっという間にやってくる。それまでの時間は有意義に過ごしたい。三年前の元日は雪だった。その日、私は防寒具を身に着けて、しずかに外へ出ていった。

家の脇道を下って、畑へ下りる。傍らに一棟の木小屋が建っている。それが建てられたのは私が幼い頃のことだ。長年風雪に晒され日差しに耐えてきたその木小屋は、何とも言えない懐かしさとあたたかみと厳しさ渋みをたたえた姿で、雪のなかに佇んでいた。失礼します。私は小屋にひとこと声を掛け、引き戸を開けて、一礼してなかに入った。

納屋であり物置であるその小屋には、今も使われている農具や工具などのほか、何が納まっているのか判然としない古い簞笥や箱類、自分や家族が使っていた勉強机や本棚など、さまざまなものが詰まっている。長い時が降り積もった厳粛な空気とものに満ちた小屋は、しんとしずまりかえっていた。なかを見まわしながら、床板を踏み抜かないよう一歩一歩慎重に奥へ進む足音と、床板の軋る音だけがきこえる。ここへくるのは、何かをしようとしてではない。ただ、きたいだけというのと、何かに再会できるかもしれないという淡い期待や望みがあった。

ひさしぶりに訪れたこのときは、砂埃をかぶった本棚のなかから、懐かしい本を見つけ出した。『作文がじょうずになる本　小学3年生』（前野典子著、旺文社）。埃まみれになったその本を手にして小屋を辞し、外で埃を払い、汚れた表紙を雪でさっと撫でるようにして拭いた。大収穫を得たような気持ちで家へ持ち帰ってひらくと、〈作文を書くじゅんじょ〉が図式化されて示されていた。〈1何《なに》を書《か》くのか決《き》める〉→〈2作文《さくぶん》の組《く》み立《た》てを考《かんが》える〉→〈3作文《さくぶん》を書《か》く〉→〈4作文《さくぶん》を仕上《しあ》げる〉→〈かんせい〉。ぱらぱらとめくりつつ、今さらながら、どこか頼るような思いもあった。〈作文《さくぶん》を書《か》くときには、中心《ちゅうしん》がはっきりしていることと、こうそうがしっかりしていることがひつようなのです〉。これまでかならずしもそうした書き方をしてきたとは言えない。自分なりの書き方を新しい年もさがす。

青い光

郵便受けの扉をひらくと、葉書が一通、後ろの壁にもたれかかるようにして、立っていた。一度手紙の遣り取りをした相手なら、大抵その文字を見れば、差出人が誰であるかすぐにわかる。部屋に戻りながら裏に返すと、やはり予想した通りのひとからだった。

〈勤務先が変わりました〉

そう題された横書きの文字の下には、簡単な挨拶文と、新しい連絡先が印字されていた。市販の用紙に、プリンタで刷ったものとわかる。印字文のあとの余白に、ボールペンの走り書きが二行、添えてある。

もう何年も会っていないその知り合いは、恩人といえるひとだった。私はもらった葉書を机の前に立てると、便箋を取り出し、返信をしたためた。

ご無沙汰しています、いかがお過ごしですか——、と挨拶からはじめて、あとにたいした内容を継ぐわけでもないのに、何度も書き損じては、反古を出す。葉書や手紙は、よく書くほうだと思うけれども、いつまで経っても、書き慣れない。すっきりとした、心づくしの、気のきいた、ふさわしい文章は、書けないものか。便箋や葉書に向かうたびごとに、胸の中に渦が巻く。

字が気にいらない、文章が乱れる、間違えた。そんなことでつぎつぎに反古を出しながら、もたもたと書きあぐねているうちに、出掛けなければならない時刻が迫る。手元と時計を交互に睨みながら、じりじりと焦れば焦るほど、その分文字は粗く走り、丁寧にと思う気持ちとは裏腹に、ますます不様なかたちに踊り出す。出掛けるまでにこの手紙を書き終えて、行きがけにポストに投函したい。そう思いながら、反古の合間にようやく書き上げられる一枚を、急いで綴りから切り離しては、脇へ置く。最後の行まで文字で埋められぬままにめくられていく何枚かの薄水色の罫の便箋が、恨むというよりあきらめ顔で、ため息をつくのが聞こえてくる。すみません、と謝りながら、先を急ぐ。おもてでは、風がいつになく青く吹き荒れて、ほそく開けた窓を幾度も叩く。

ずっとすきでありながら、これまで一度も調べようとしたことのなかった「ほたるいか」について、ふいに事典を引いたのは、緘をした封筒に、ほたるいかの図柄の切手を貼り終えたあとだった。

手紙の中で、私はほたるいかについて少しだけ触れていた。好物のほたるいかの沖漬について。先日はじめて食べた、生ほたるいかについて。そんなことをしたためたのは、ひとつには、こちらの近況を伝えるためでもあったが、それよりはむしろ、この手紙をおさめる封筒には、ほたるいかの切手を貼ろうと先に決めていたからだった。

〈軟体動物ホタルイカモドキ科。形はスルメイカに似るが、体長は5cmくらいと小型。全身に無数の発光器をもつ。日本海全域、北海道以南～熊野灘の200～1000mの深海に生息し、5月ころの産卵期には海岸近くに来遊。特に富山湾の大群の来遊は有名で、魚津市の群遊海面は特別天然記念物。惣菜用。〉（『マイペディア for Mac 百科事典』平凡社）

説明文の、はじめとおわりの一文に衝撃を受けて、何度も見返す。ほたるいかそれ自身であるのに、ホタルイカモドキ科。食用、を通り越して、惣菜用。あまりにもおどろいて、ほたるいかのことをもっと知りたいと思う。確かめるように広辞苑をひらくと、〈ホタルイカモドキ科のイカ。〉の説明にはじまり、〈季春〉でおわる。ほたるいかは春の季語。手元の『季寄せ』（角川春樹編、角川春樹事務所）をめくると、〈花の後はやも賜はる螢いか〉と角川源義の句が引かれていた。

私も先ごろ、瓶詰めのほたるいかの沖漬を賜っていた。それが私の好物だと知っているひとからだったが、有楽町にある富山県の物産館で求めたものだということだった。私にはやや塩気が強く、大根おろしがあるとちょうどいい、と思いながら、大根もおろさずに、そのまま味わった。日本酒で洗うようにして食べるといい、そういう食べ方があることは、一瓶全部食べきったあとで知った。

時計を見ると、予定していた出発時刻が、いつのまにか過ぎようとしていた。私は机を離れると、よれよれの部屋着から、それより少しはましな薄手のセーターに急いで着替えた。流れ作業のように鏡をのぞくと、まだ髪を梳かしていなかったことに気づいてブラシをあてる。土気色した顔を取り繕うために、唇にぐるりと一周、口紅を引く。あわて過ぎて、折角書いた手紙を忘れて飛び出しては、元も子もない。机上からさっとしっかり摑んで鞄に入れ、窓を閉める。窓に鍵をかけながら、ふと、遠くはなれた富山湾の海岸近くに、産卵のために大挙してくるほたるいかの光る群が、脳裡に浮かぶ。旬といわれるこの時期に漁獲されるのは、今まさに卵を産まんとする雌たちばかりであるのか。あるいはせめて、捕まるのは産卵を終えたところのタイミングであってはくれないか。そう思い及んで、私が先日食べた活きのいい生ほたるいかもまた、おそらくはすべて産卵期の雌だったのだと今さらのように気づいては、同じ女としての、自らの行為に締めつけられそうにもなりながら、あわててそれを振り払うようにして、家を出た。

その晩のひどい夕立のあと、私は帰りに立ち寄った書店で、一冊の本を手に取った。『ホタルイカの素顔』(奥谷喬司編著、東海大学出版会、二〇〇〇)。その本の中には、「ホタルイカ」の分類上の位置が、次のような階層で表されていた。

動物界　Animalia
軟体動物門　Mollusca
貝殻亜門　Conchifera
頭足綱　Cephalopoda
後生頭足類亜綱　Coleoidea
ツツイカ目　Teuthoidea
開眼亜目　Oegopsida
ホタルイカモドキ科　Enoploteuthidae
ホタルイカ属　*Watasenia*
ホタルイカ　*Watasenia scintillans*（Berry, 1911）

詩のようにも見えるその階層を、何度も視線で往復しては、先を読みすすめる。ホタルイカモドキ科は、ホタルイカモドキ属（*Enoploteuthis*）、ナンヨウホタルイカ属（*Abralia*）、ニセホタルイカ属（*Abraliopsis*）、ホタルイカ属（*Watasenia*）、の四属からなり、世界の海から四〇種ほど、日本の近海から一一種ほどが知られるという。

そんなことは全然知らなかった。私は閉店間際のレジにその本を持って並び、店を出ると今度は帰りの電車を待つホームに並んで、それをひらいた。ホタルイカの素性、ホタルイカの一生、光るイカ列傳……。いまごろ湾の海岸近くでは、青く発光する雌たちが、無数に集まっていることだろう。蛍光灯の下でほの白く反射する乗車目標の前に立ち、〈ここまで解けている〉と本の帯に書かれているホタルイカの謎について説かれながら、私のほうはまだなんにも解けていない、とぼんやり頭の隅で思っていた。

漂流物の旅

机上に置いた石を手に取る。感触を確かめ、これらを拾った浜辺や河原を思い返す。この石はいつどこからどうやってそこへきて、どうして今ここにあるのか。拾う時には、それらが慣れ親しんだであろう場から連れ去るようで幾らか気が咎めたが、長い時を生きる石は、こうして今も旅を続けているのかもしれない。

そんなことを、結城伸子著『海と森の標本函』（グラフィック社）のページをめくるうちに考えた。貝殻、植物の種子、陶片、流木、石など、海岸に打ち寄せられた漂流物を拾い集めることをビーチコーミング（「浜辺を梳くように探す」の意）と言うが、著者はさらに、森でのそうした宝探しを「フォレストコーミング」と呼び、それぞれの楽しみや標本作りについて、美しい写真と端正な文章で紹介する。珍しいウニの殻やドングリなど、海辺や森で拾い集められた「自然のかけら」の数数を眺めては、日日の穏やかな、または激しい潮流や風に飛ばされたり流されたりして辿り着いたところが自分や周囲の今であるのだと、ふと思う。人が漂流物や、世の片隅でひっそりと息づく命の気配やその痕跡に惹かれるのはなぜだろう。同じく漂流者たる自身のかけらをそれらの中に見出だすためか。あるいは、自分の生きられぬ遥かな世界を経てきたものへの憧憬や畏敬の念からか。物事の果てや繋がりを感じさせつつ新たな窓を開けて導いてくれるものへの期待や慕わしさのためだろうか。

机上には石のほかに、折折拾ってきた椿の種子もある。有岡利幸著『ものと人間の文化史168　椿』（法政大学出版局）は、日本原産の常緑広葉樹「椿」と日本人の関わりを、植物誌、歴史、文学、民俗等の分野から多角的に捉えた一冊。江戸の園芸ブームにおける椿は華やかながらどこか切なく、さまざまな信仰や伝承も興味深い。魅力的な花だ。

記憶の宝箱

子供の頃大切にしていた宝箱は、一体どこへいったのだろう。箱が自ら歩いて飛んで、どこかへ赴いたのではないはずだ。もちろん捨てたりしていない。にもかかわらず、所在と行方がわからない。そうしたことに気づくのは、それらを思い出したときだ。大事にしまっていたものが、あるとき突然不要になったわけではない。宝物への思いはそのままに、いつしか自分の視界がそこから逸れて、在り処を見失ってしまったのだろう。

ニュージーランドの作家、ジャネット・フレイム（一九二四―二〇〇四）のデビュー作『潟湖《ラグーン》』（山崎暁子訳、白水社）を読んで、ふとそんなことを思った。著者の半自伝的要素を含んだ二十四の物語を収める本書には、祖母との思い出と潟湖をめぐる表題作のほか、空想上の女の子とともに一人遊びする少女の姿を描く「ドシー」や、幼い日の一幕を綴る「宝」など、いずれも独特の印象と余韻をもたらす愛おしい短篇が詰まっている。他人にとってはおろか、ともすれば自分にとっても取るに足りないとも思われる、何でもない日日や出来事は、じつは一人一人に絶え間なく訪れるかけがえのない瞬間や感覚、思いや情景から成っているのだということを、詩情豊かな文章から教えられる。

過去も現在も、記憶も現実も、必ずしも美しく愉快なものばかりではない。小説のかたちで書かれた詩集のようにも思える本作は、一篇一篇が、読む者を鋭く突き刺すでも抉《えぐ》るでもなく、柔らかく肌に添いつつ、じんわりと身体の奥深いところに働きかける。そうして読者自身の大切な記憶や感慨のあれこれをも自然と引き出す。長らく思い出さなかったそれらも、けっして失ってしまったものではなく、今までずっと身体のどこかに在り続けていたのだということも、この郷愁とみずみずしさに満ちた、懐かしい宝箱のような一冊に気づかされた。

四、旅と故郷

旅路と故郷への道のり

秋、大佐渡北西端に位置する願《ねがい》という土地を訪れた。新潟港からジェットフェリーに乗って一時間、佐渡島の両津港に着いたら、港から出ているバスのひとつに乗って、時計と逆回りに島のへりをつたって北上する。海をずっと右手にしながら進む窓から見える波はおだやかで、どこまで行っても白い波頭を見せなかった。敷布をしきのべたような水面が広がり、夕暮れ前の深い日本海の色が、どこか薄暗い堂に坐《いま》す仏像の感触を思い起こさせた。触ってみもしないゆびさきに、ひんやり湿り気を帯びた硬質の感触が生まれ出づるようだった。逆光によって、海面から首だけ出した海鳥が、口に何かえものをくわえてシルエットになっている。海岸にはからすも多く、皆それぞれに小さい魚をくわえて恵まれている。

バスで約一時間走ったころ、鷲崎というバス停で、一番前の席にすわっていた地元の人らしい年配の女性がバスを降りた。いつからか、気づけば乗客は私たち二人になっており、そのうちの一人が降りたのだったから、乗客はあとは私だけになった。そのあとバスは、ちょうど夕日がうつくしくあたりはじめた藻浦をはじめ、景勝地二ツ亀も、私たったひとりを乗せてめぐって見せ、そのまま貸し切りのようなかたちで願まで運んだ。

　路線バスで、最後のひとりの乗客になることは、そうめずらしいことではなかった。私はそのとき、むかし見たのと同じようなものを、ふいに見たように思い出していた。高校時代、毎日バスで通学していた帰り途に、よくこれと同じようなことがあった。多くの人びとをいっぺんに乗せ運ぶはずの公共の乗り物が、よく自分ひとりぼっちを乗せて、貸し切りの状態で走ることが、私のこれまでには、何度も、幾場面もあったことを思い出した。思い出して、しかしこのようなことが一人の人間の中でありふれたことであるのは、世の中においては格別当たり前でもないことのように思われ出した。このような便にしばしば運ばれがちの、私というかばんの来し方行く末の道のりのことを、しばし思った。

　願を訪れるきっかけとなったのは、廣末保氏の「道行の時空」(『悪場所の発想』廣末保著作集第六巻、影書房)という文章だった。この文章の中で、願はその地名が記されるのみであったが、文章自体の魅力からか、いつかこの地をこの眼とこの足で訪れてみたいと、ずっと思っていた。

　同書の中には、他にも『遊行的なるもの』「現代流民考」「遊行の時空」などという、私には艶めかしい幾つもの文章がおさめられ、漂泊、漂流という視点からその文章を求めた私の頭を強く刺激した。自ら郷里を離れ、他郷に棲まうわが身をどう見るかにも不審を抱いていた私は、その観点からだけではなく、中世のみならず現代にもつながる漂泊民ということに、強く思いを寄せていた。朝の満員電車の中で、立ったまま「遊行的なるもの」を読んだその時の頭に、ぱちんと今まで見たことのない白熱電球のフィラメントがひらめいたのをはっきりと覚えている。

郷里を離れて九年強。盆と正月の年に二度、加えて必要に応じてその回を増すこともあるから、この間に、帰省という東京と郷里との往復を、二、三〇回は行って来たことになる。その帰省の道すじは必ずしも一定のものではないにせよ、最も基本的な路を辿れば、乗り継ぎを重ねた最後の鉄道で、終点で下車するまでの最後の時間は、やはりここでもまた最後のひとりとなって、貸し切り状態となった列車に、すっかり日が暮れたあとの真っ黒い窓に姿を映されて運ばれている。そうしてまた、盆や正月のひとときが明けると、やって来てくれた赤字線に運ばれて、再び郷里を離れるのである。

どこへ向かう旅路においても、帰省、ということが常に念頭にある。ありていに言えば、わが故郷への帰省の道のりと、その他の里へと続く道のりを引き比べて、わが難儀な道のりの少しでも易しいものであるところを見届けたいのである。よそへ行く旅の道に、多少の不便を感ずるところがあっても、大抵のことでは驚かず文句も言わずやり過ごすことが出来るのは、そこにはいつも、わが帰省の道すじがあり、郷里の道道が私の中にあるからである。

このように言えば、私の故郷をどんなに山深い寂しい里かと思われる向きもあるだろう。が、それもまた一興である。しかし、過疎の進む山間の町から出てくる際に、自分をそこから運び出させた赤字線に、帰省などという都合のよい時にだけ再び自分を町に運び入れさせ、しかもよりにもよって、その鉄道を走る列車は私を乗せながら、終いには私ひとりきりを乗せて走ることにもなるという仕儀である。こうした赤字線を生ましめた過疎というものの一因をなすものに加わった私にとって、その道の上には、物理的なはるかさということだけでなく、他の里への道の上には決してない、ずっしりとした重みが、湿りを帯びて載っているのである。

祖父の話

祖父は若い頃、一時期、東京に住んでいたことがあった。九州の鉄道学校を出てから、東京で国鉄に勤めていたという。

当時は寮に住んでいたらしいが、その後、肺をわるくして、国鉄を辞め、郷里へ戻った。だが退職後、すぐに東京を離れたのではなかった。晩年祖父は、ある文学者の書いた本の頁を繰りながら、その人の住んでいた下宿に居候していたことを、その下宿屋の名前とともに話してきかせてくれた。寮を出てから、帰郷するまでの時代のことであったのだろう。当時わずかながらに交流のあったらしい幾人かの文学者たちの名前を挙げて、懐かしそうに若い日のことを語ったりした。

それらの話を、私は少なからぬ驚きと関心をもって傾聴しながら、同時にしかし、もはや自分にはどれもすべて確かめようのないことだというもどかしさと、あきらめに似たものを覚えていた。もっと知りたい、ききたい……、とゆかしさの増していく一方で、不躾に根ほり葉ほり、性急に訊き出そうとすることはできず、事実また、時期を見てゆっくり話をきくのに必要なだけの充分な時間もお互いにないのだった。かろうじてきき得たわずかの話を、まるごと鵜呑みにするもしないも、それらを客観的に検証する手立てのない以上、すべては自分次第であった。疑うつもりはもちろんないが、そのまま丸飲みにするというのでもない。だがいずれにしても、私にとって、祖父の話は、ただそれだけで、魅力と輝きをもった、かけがえのない宝であった。文学青年であったらしい祖父が、当時何をして、どのようなものを書いていたのかを、今は知るすべもない。だが、それは一概に残念なことばかりは言えない。文学史には必ずしも名前を残さない、しかしそれぞれに思いを持って生きる数多の青年たちのうごめく姿が、ただただまぶしく切なく偲ばれる。

「あのころは、農民文学がはやっておった。親父から、帰ってきて家を継げ言われて、まあ、農民生活をやってみるのも、悪うないかもしれん思うて。」

島根県の山里から出て、西へ東へと動いたのちに、ふたたび田舎へ帰ったいきさつを訊ねると、祖父はそう答えたのだった。その一種独特の言いまわしは、いかにも祖父らしいものであった。

「おばあさんは、晴耕雨耕、おじいさんは、晴読雨読。」

祖父母の亡き後、以前と同じように子や孫たちが集まったいつかの年始の席で、どういう話の流れだったか、みな意見が一致したように、声を合わせて、歌うように言った。多くの子を生み育てた、やさしく働き者だった祖母と、田舎暮らしの中にあっても、読書を好み、どこか超然としたたたずまいを見せていた祖父との対照の妙が、端的に言い表された言葉であった。

祖父が亡くなる二ヶ月前、前年に亡くなった祖母の新盆に法事が営まれた。その後日、夏の帰省を終えて東京へ戻る日を前にした私は、父の運転する車で、もう一度祖父を訪ねていた。お盆過ぎの昼下がり、築百年は経っているという古い家の居間は翳って、涼しかった。祖父はそこでしずかに休んでいた。私は医療用ベッドの脇に座って、ひと言、ふた言、言葉を交わした。

「もう、本も、読まれんようになったことよ。」

そう寂しそうに言ってわらう祖父のそばには、数冊の本が重ねられたままになっていた。そこへ手をのばしたいという思いと、それが叶わないという無念とが、葛藤となって酷《むご》いようにあらわれていた。あれほどすきだった本を、もう読むこともできなくなったということは、それほどまでに、気力も体力も衰えてしまったということだった。そのことを、弱輩の孫に打ち明けなければならなかった祖父の胸の内は、どれほどつらいものであっただろうか。それを思うと、あれから十年以上経った今でも、返す言葉が見つけられない。あの日祖父が、自嘲と嘆きとあきらめ切れぬものとをないまぜにした、言い知れぬ思いを告げてくれたことは、私に強い衝撃を与えたが、与えられたものは、痛みや哀しみだけではないはずだった。私は、日頃当たり前のように読んでいる本というものは、いつかかならず読むことができなくなるものだということを、このときはじめて、祖父によって教えられた。

自分の意識や成長が時に間に合わず、祖父母からは、多くの大事なことをききのがしてしまった。もっと、いろいろな話をききたかった。そう何度悔いても惜しんでも、すべては後の祭りである。しかし、亡き後もなお、こうして偲ぶことができることに、感謝したい。そう考えてふと、自らの内にこのような思いを育んだものは何だったかと辿れば、先祖と自分を繋いでくれた、両親の姿が思い浮かんだ。父母の、祖父母や先祖に対する接し方がどうであったか、それなしには、今の自分の思いもあり得なかったのかもしれないと、あらためて考えをめぐらしている。

銀鏡神楽

去年の十二月十四日、私ははじめて九州の地を踏んだ。天孫は高天原から降臨したというが、私は羽田から飛行機に乗って宮崎空港に降り立った。バスに乗るためにターミナルへ直行すると、空は雲ひとつない抜けるような青空であった。目の前には椰子か蘇鉄か、熱帯植物がまぶしく立ち並んで真冬とは思えない。昼前の陽射しが暑いくらいに感じる。そのうちに何本もあちこちへ向かうバスがのりばへ入って来る。私は間違えないように注意して、西都バスセンター行きに乗り込んだ。

西都市は西都原《さいとばる》古墳群のある、古代の日向における中心部であったとされる土地である。終点でバスを降りた私は、昼過ぎの閑散としたその町を、ひとりでぶらぶら歩き、歴史民俗資料館を訪ねて、そこでまったくひとりきりの貸し切り状態で存分に資料を見た。一巡した最後に、平成四年に銀鏡《しろみ》川辺で見つかったというニホンカモシカの剝製があった。私はこれからその銀鏡川に沿った地にある銀鏡《しろみ》神社へ、銀鏡《しろみ》神楽を見に行くのだった。

秘境と呼ばれるその地には、バスを乗り継いで行くのは無理だということで、私はバスセンターの隣にあるタクシーのりばに予約をしていた。思いがけず愛想のよい男の人たちに迎えられて見送られると、タクシーはやがて左手に一ツ瀬川を見ながら、日向の午後の陽光を浴びてさかのぼって行った。枯れた山の色や、乾いた白っぽい陽の光に、私はふるさとの秋の日を思い出した。

「お客さん、調査か何かとですか。」

愛敬のある、人当たりのよい運転手さんに、私はいくつか訊ねたり訊ねられたりしながら、まわりの景色を眺めていた。銀鏡神楽は自分も見たことがないという運転手さんは、神楽の盛んな地元に住んでいても、実際にはなかなか見ることがないと言った。それは私にもよくわかる話であった。私自身、石見《いわみ》神楽が伝わる里に育ちながら、神楽に興味を持ちはじめたのは、郷里を離れてからのことだった。

しばらく行くと大きな一ツ瀬ダムが現れた。途中で大きく右へ入って、いよいよ銀鏡への道を上って行った。気がつくと、いつの間にか陽の色合いが変わっている。途中で最後のバス停留所を見送って、もしもここで下ろされていたなら確かに途方に暮れただろうと、ぞっとするとともにほっとした。やがて車は山道をうねってのぼりはじめ、陽気に汗ばんでいた私はついに生つばを飲みはじめた。

「猪は、出ますか。」

銀鏡は古来、焼畑農耕、狩猟文化の土地で、猪が人々の重要な蛋白源とされてきたときく。

この山間文化に修験道などの影響が混ざって、独特の銀鏡神楽が生まれたと言われている。中でもめずらしい式三十二番ししとぎりは、「猪の通ったあとをたずねる」の意の、狂言風の狩法神事である。神楽の舞われる斎場の祭壇には、毎年幾頭もの猪の頭が奉納される。

「出ますよ。大方、今晩も出るでしょう。」

それは、今晩この道路にも、そして神楽にも出るだろうという意味にとれた。私はふたたびふるさとのことを思い出していた。亡き祖父母の家のある奥山の里で、父はここ数年毎日猪とたたかいながら田んぼを育てている。奥山への険しい道々で、あるいは育てている田畑で、「また石を落とした」「またあそこへ穴を掘っとる」などという主語のない父のせりふは、大抵の場合猪が主語なのである。

生つばをかくしながら、ようやく銀鏡神社に着くと、運転手さんがあたたかい缶コーヒーを分けてくれた。礼を言い、明日の迎えのことを頼んで車を下りると、はいはいと言ってなぜか運転手さんも一緒に下りる。そしてそのまま坂の上の神社まで一緒に上って来て、神社の隣の社務所で神楽の準備をしている人に向かって大きな声で、「この人、東京からのお客さん。ちょっと荷物置かせてあげて。夜は仲間に入れてあげて。」と頼んだわけでもないのに頼んでくれる。頼まれた人も、はいはいと言って知り合いでもなさそうだがにこやかに請け合っている。山の上では日暮れ前のあたたかな陽があたっていた。私はその社務所の庭の物かげに、カートごと大きな荷物を置かせてもらいながら、ふと、これは何か知っているものだが遠く離れていたものだと思った。

神楽のはじまるまでにはまだ時間があった。東京なら既に陽の落ちた頃になっても、まだあたりは明るかった。心ばかりの御神前を納め、見物の席を取ると、神社の坂を下りて銀鏡の集落をぶらぶらと歩きまわった。夕刻には集落の五つの末社から御神体である神面を入れた箱を背負った「面様《めんさま》迎えの行列」が神社へ向かうという。それを待つ人たちが、ぱらぱらとカメラを提げたりなどしてそこいらをぶらついている。あたたかかった陽も傾き出すと、外にいる身には次第に寒さがせまって来る。かと言って、神社に戻っても吹きっさらしのおもてにいることにはかわりがないのだから、と私はつとめてあたりを見回した。銀鏡神社の立派な青いのぼりが、銀鏡川に架かる橋のたもとに立っていた。その川の水は驚くほど翠緑色に澄んで、眼を凝らすと中で小さな魚たちが泳いでいるのが見えた。その橋の近くの、閉まった商店の前にバス停があった。時刻表を見ると、一日のうち上りと下りが二本ずつある。そこで突如、けたたましくサイレンの音が鳴り響いた。午後五時であった。郷里でも、昔はこれと同じ時刻に同じサイレンが鳴っていた。

やがて所在をなくしてゆっくりと神社に戻ると、すでにあちこちから人がこの神楽を見に集まっていた。境内に設えられた屋外の斎場で神楽は奉納される。ビデオやカメラをセットする人たちや、火鉢のまわりで座布団や毛布にくるまりだす慣れた人たちの中で、私も出来る限りの防寒準備をしながら、面様が来るのを待った。待ちかねの面様が神社に登場したのは、午後五時半を過ぎた頃であった。祭典式のはじまるのは午後七時である。境内には屋台が出て食べ物やおもちゃなどが並び、まだ陽の落ちきらない明るさの中で、皆思い思いに用意して来た酒やつまみをひろげたり差し出したりしながら、どこから来たのなどと暇つぶしに話し合っている。そうやって待ちかねているうちにあたりはすっかり暗くなり、気がつくと火鉢をはじめ、斎場のまわりにはいくつか火が焚かれ出している。

式二番の清山《きよやま》から神楽がはじまったのは、午後八時であった。はじまると神楽は次々に舞われていった。夜が更け出した頃、すぐ目の前の斎場の脇に、どこからか酔った年配の男性があらわれて、舞の所作をまねし出した。背広を着た、恐らくは地元の男性で、足元はふらついていたが舞は結構確かだった。独特のはずれた調子で声を張って歌いながら、ときどきはそばの火に薪をくべたりと番もした。

〽松原の　わしゃ錆刀　錆刀でも　わしゃ切れる――

定かではない。ただ、そんなふうにもきこえた。私がそんなふうにきいたのかもしれない。あたりに漂う不思議な緊張感と和みの空気の中で、おそらくこれも、昔からある非公式の習いなのだろうと私は思った。だがその後に続いて出る者はなく、もしかしたら彼がそれを継ぐ最後の一人なのかもしれないとも思った。するといつしかこの男性に煽られて、観客もそれに「ほーい、ほい」などと合いの手を入れて応え出している。私はこの男性がいつ叱られるのかとひやひやする一方で、がんばれ、がんばれ、とどこか胸の底で頼むような気持ちもあった。

やがて式八番西之宮大明神が降り立つと、観客はあちこちから賽銭のおひねりを投じて祈りを捧げた。宝冠や装束に引っ掛かると縁起がよいとされているときく。私も用意してきたものを投じて拝んだ。夜中の零時をだいぶ過ぎた頃、見物客に焼酎割りのような熱い御神酒が配られた。一口飲むとお腹がすぐに熱くなった。それを機に立ち上がると私は庭へ下りた。こうして人のひしめき合う見物席でしびれる足を縮こめて、腹の底からぶるぶると繰り出す震えに息をつめながら、それを我慢して耐えつつそれでも見たいという人々を、それほどまでに魅了するものは何なのか――。そんなことを私は考えていたのではなかった。ほとんど頭の中はからっぽであった。ただ腹の底から突き上げて来る寒さに揺すぶられながら、敬虔な神事の庭で、そこに集った人たちと、更けゆく夜の焚き火にあたっていた。頭から灰に降られながら見つめるその清い莫蓙の上では、怪異な神が、わが輩の所有物を勝手にするなと怒《いか》っていた。

松明の火

部屋に薄闇が、少しずつ、少しずつ、窓越しに混ざり込んでくる。もとより翳っていた部屋に、差し込んでくる光がだんだん弱まってきたというべきだろうか。そろそろカーテンを閉めて、灯りをともさねばならない刻がきたようだ。机上の時計に目をやる。日々、なるべく自然の光のもとで過ごしていたいというのがささやかな願いであるのだが、今日もそのぎりぎりの刻がきたようだ。手元の本を置き、窓辺に寄る。カーテンを引く――。

灯りをつけるまでの間、部屋は闇になる。それをスイッチ一つで明るくすることができるのを、ありがたくも贅沢なことに思いながら、この恩恵が一体どこからどのような次第で自分のもとへもたらされたものなのかと考えると、感謝とともに、どこか罪悪感のようなものをも抱かずにはいられないのは、もはや現代に生きる者としては避けられないものであるのだろうか。

〈そもそも、人間の感情とはいったい何であろうか。それは私にもわからないが、それが、私の人生よりもずっと古い何かであることは感じる。感情とは、どこかの場所や時を特定するものではなく、この宇宙の太陽の下で、生きとし生けるものの万物の喜びや悲しみに共振する

ものではないだろうか。〉（ラフカディオ・ハーン「盆踊り」池田雅之訳『新編 日本の面影』角川ソフィア文庫所収）

読みかけていた本に戻ると、その一節に、橙色の小さな付箋が貼ってあった。以前読んだときにも意識した箇所だった。この「盆踊り」という文章には、ラフカディオ・ハーン（小泉八雲）が日本のとある寺の境内で行われた盆踊りを見たときの体験と感動が綴られていた。

読みながら、郷里の盆踊りのことを思い浮かべていたのはもちろんのこと、合わせてふと思い出されたのは、十代の頃に見て、体験した、ある光景だった。

それは、学校行事で同学年の皆と、地元の国立公園内にある施設に泊まりがけの研修に行ったときのことだった。

夜、キャンプファイヤーが行われた。終了後、皆が一人一人、大きな焚火から火をとった松《たい》明《まつ》を手に掲げて、宿舎へ戻るまでの道のりを歩いた。何か特別なことが起きたわけでもない、ただそれだけの情景。繰り返し思い出されるのは、無声映画のような、ひと連なりのそのシーンだった。

同じ年にこの世に生まれ出た子らが集い、油をたっぷりと含ませた松明を、おのおのが慎んで受け取り、やがて点じられた激しい火を、畏れながらも恭しく捧げ持って、厳かに練り歩いてゆく。広い野外の会場いっぱいに、大きな円を描いて広がり、何周かめぐり歩いてから、輪がほどかれ、一本の火の綱となって、ゆっくりとその場をあとにする。誰も、何も、喋らない。

喋っても、きこえない。誰の声も、誰の耳にも届かない。ただ、松明の炎の燃え盛る、ぼうッ、ぼうッ、という激しい音だけが、私の耳にはきこえていた。それは静まりかえった夜の空へと吸われてゆく。

夜空に星は輝いているのか――。見上げ、まじまじと眺める余裕などない。手にした重く太い松明と、その先にさかんに伸び縮みしては燃えさわぐ、制御することのむずかしい炎を連れて、いやその炎に連れられるようにして、緊張しながら、一歩一歩進んでいくのが精一杯であった。口もきけず、息をつめて、神妙に、摺り足で歩みを進める。このような機会に接して、何とも言い難い、すなわち万物とでも呼ぶべきものへの畏れをつよく感じながら、その分、胸の奥には、どこかこれまでにはなかった誇らしさと喜びとが、新たに芽生えているのだった。

会場をあとにした一列の炎の行列が、闇の中を、眠るための宿舎へ向かって歩んでゆく。辿り着くと、最後には大きな水溜めの中へ順順に炎を沈めて、火の消えた松明を、しかるべきところへ返してゆく。そして静かに宿舎へ入り、くたびれた身体を寝台に横たえて、それぞれの眠りに就くのだった。

松明行列をしたあのときに抱いた畏れと誇らしさ、厳粛な気持ちを、忘れずにいたい。一人一人が持ついのちの火は、激しく燃え盛るときも、今にも消えかかりそうなほど弱まるときもあるだろう。けれども、その火が消えずに燃えている間は、いつでもその思いを身内の暗がりにもともしていられるようにと、今あらためて、そう願っている。

土を捏ねる

一客のカップアンドソーサーが届いた。丁寧に梱包して届けられたそれは、今年のはじめに訪れた、ある土地のやきもの館で、自分で作ったものだった。かつて銀の積み出しや交易を行う港町として栄えたその地は、古くから続く温泉地であり、同じくやきものの産地であった。温泉に入ることを目的として訪れたこの機会に、折角だからと、急遽やきもの館にも立ち寄って、陶芸体験をしてみることにしたのだった。

おもてに巨大な登り窯があるその館では、地元の窯元の作品が展示販売されており、またそこを訪れた客が自ら皿や器に絵付けをしたり、思い思いの陶器を制作する陶芸体験ができるようにもなっていた。

「どんなものをお作りになりますか？」

受付で申し込んだあと、工房へと案内され、館の人にそう訊かれてはっとした。陶芸は以前からずっとやってみたかったはずなのに、いざそれが叶うとなると、自分は一体何を作るのか、何が作りたいのか、具体的にはこれといった希望も理想も構想も持ち合わせてなかったことに気づいて驚いた。

「どんなものが作れますか?」

反対にそう訊ね返すと、所要時間はおよそ一時間で、一人分約五〇〇グラムの粘土を使って二個までなら何でも希望のものが制作できるということだった。工房の入口に置かれた棚には、かつて同様の体験で誰かが作ったものらしい皿やカップやオブジェなどが、幾つかサンプルとして置かれていた。それらを目にして熟考するまでもなく、わたしはすぐにカップと受け皿のセットを作ることに決めた。大まかにその案を告げると、館の人は作業台で一塊の粘土を適切な配分で手際よく二つに切り分けてくれて、いよいよ作業がはじまった。

人は日日、ことさらそのように思おうとも思わずに、いつしか自然と、あるいは漠然と、何らかのことを思い、ともすればそれを当たり前のことのように思い込んでいることがある。世の中には無数にあるであろう人びとの思い込みには、一見根拠がないようなものであれ、それを思い込むに至るそれなりの理由や過程がきっとあり、その内容は、人それぞれに、そのときどきによってさまざまなものがあるだろう。多くの場合、思い込みは排除すべきものと考えられるが、必ずしもよくないものばかりであるとは限らない。むしろそうしたものが個人個人を形成し、構成しているとさえ言えるのかもしれない。しかしいずれにしても、思い込みはそれが思い込みであるがゆえに、果たして妥当なものであるかそうでないのか、本人は気づくことが難しい。ある種の思い込みが、それを抱く本人を支えるものとなる場合もあるが、知らぬうちに要らぬ思い込みがさらなる思い込みを呼び、そうしたものが一枚二枚と積み重なって、いつしかかたく分厚い殻を作り、その中に自らを押し込め、追い込んでしまっていることもあり得るだろう。わたし自身がこれまで少しもそうでなかったとは言い難く、今も全くそうでないとは言い得ない。だからこそ、自分が日頃何気なく、あるいはいつしか不必要に思い込んでいたことなどを、折折適切に発見し、その都度検分・検証し、適宜処理していくことを自然と行うようになれたらいいと、この頃はそんなふうに意識するようにもなった。

陶芸の手順やコツを教わりながら、小さなろくろを使って手びねりで器を形成するところまでを自分で行い、そのあとの釉掛《くすりか》けや焼成は、館の方にお願いする。そうして仕上げられたものが、しばらく経ってこうして無事に届けられた。想像したよりもあたたかみのある釉薬《ゆうやく》が掛けられた、地味で素朴な色合いのカップと受け皿。かたちは少しいびつで、なめらかともうつくしいとも言いがたいが、それを手にした喜びもまた、予想を超えたものだった。

その土地の土で作られた一個のやきものの中には、さまざまな滋養ある成分が詰まっているように思われる。これに注いで飲むコーヒーやお茶には、器から滋養がやさしく滲み出し溶け込んで、身体と心に養分を送り込んでくれているような気がする。それこそ思い込みに過ぎないかもしれないが、新しく懐かしいこの器が、自分を次の場所や境地へいざなってくれるようだという思いは、しばらくそのままにしておきたい。

弓ヶ浜、白兎海岸

早朝に飛行機で羽田を発ち、まだ充分に早いと言える朝の時間に、鳥取県の米子空港に降り立った。到着ロビーを出るとすぐにタクシーに乗り、数分ののちには、そこからほど近くにある、弓《ゆみ》ヶ浜の砂を踏んでいた。

夜見《よみ》ヶ浜。

そうとも呼ばれる、この日本海の美保湾に面して続く砂州《さす》は、出雲国風土記にある国引き神話において、土地を引き寄せる綱に見立てられたりした。そうして引き寄せられたのが、あのあたり——と、海に向かって西側から長く突き出す岬を見やった。突端に見えるのが、県境の向こうとなる島根半島の東端、美保関《みほのせき》であった。

——あそこはもう、島根県。

声を出さずに、そう思った。島根県はわたしの郷里であるが、出雲地方の美保関は、生まれ育った石見《いわみ》の地からは遠く、よく知っているとは言いがたい場所であった。近くて、遠い——。それは隣県である鳥取県についても、同じようなことが言えるのだった。近いはずだが、意識の上では存外遠く、考えてみると、鳥取県のことはほとんど何も知らないに等しかった。郷里を離れて東京に暮らすわたしが、距離としては郷里にほど近い場所まで戻って来ていながら、その時感じていたのは、そこが意外なほど見知らぬ土地だということだった。わたしは今自分がどこにいるのか、位置をつかみかねるような、奇妙な感覚をおぼえていた。

弓ヶ浜をあとにすると、電車とバスを乗り継いで、白兎《はくと》海岸へと向かった。よく知られた「因幡《いなば》の素兎《しろうさぎ》」神話の舞台である。

快晴の日本海を左手に見ながら、海岸沿いの道をバスは走った。停留所〈白兎神社前〉で降りると、まずは時刻表を見つめ、一時間に一本あるかないかの次の便を確認してから、道路脇につけられた浜への道を下っていった。

目の前には、起伏のない、平らかに均されのばされたような砂浜と、波の荒い海原がひろがっていた。正午――。澄み渡った空の下、つよい潮風の吹く浜辺には、ほとんど人の姿はなかった。わたしは陽のまぶしさに、目をほそめたり見ひらいたりしながら、明るくも濃い色をした海のはるか沖を見やり、ふたたび砂浜に目を戻すと、あたり一帯のひろびろとした景色に、爽快さと、人気《ひとけ》のない心許なさを、同時に感じてもいたのだった。

この海岸には、浜辺からそう遠くないところ、このときには数十メートルばかり沖になるかと思われるところに、一匹の兎がうずくまっているように見える岩島があった。一説には、「因幡の素兎」神話における「淤岐島《おきのしま》」であるとされる島だが、それは拍子抜けするくらい、波打ち際からほど近いところに位置して、ひたすら波を受けていた。

わたしは島が一番間近に見えるところまで歩き、じっくりとその姿を眺めた。なるほどこの島があったからこそ、あのような神話ができたのだろう、そんな単純な感慨が胸に湧き、かつ妙に納得がいった。それからさらに西の方へと歩みをすすめて、少しずつ位置を変えて見つめていると、いつの間にか島は、一匹の亀そっくりのかたちとなっていた。

「あっ」

おどろいて、わたしは砂浜を足早に行きつ戻りつしながら、島を眺めまわした。はじめは兎の頭にちょこんと載っていたはずの小さな鳥居が、いつしか、波の中を這い歩く亀の背中の甲羅に載っている。この島は、まるでだまし絵のように、見る角度によって、大きくその姿かたちを変えるのだった。

砂浜は、やがてその西端を海へ突き出した岬にさえぎられるかたちで終わっていた。その岩場には、白い波頭をもたげて荒々しく打ち寄せる浪が、繰り返しはげしくぶつかっては、濃い雲のようなしぶきを高くあげていた。

古代から、人はこの地で同じような景色を見続けてきたのだろう。風と波の音が聞こえる浜に一人立ち、わたしはふいに、今がいつか、わからなくなりかけるようだった。

ありがとう三江線

ＪＲ三江《さんこう》線の粕淵駅がある町（島根県美郷町粕渕）で生まれ育った。高校卒業までをその地で過ごし、のちに進学のために東京へ出た。故郷をはなれて暮らすようになってひさしいが、これまで帰省をする際には、いつも三江線に乗ってきた。ときには別のルートを辿ることもあったが、東海道新幹線―芸備線―三江線を乗り継ぐかたちで往復してきた。私にとって三江線は、故郷そのものを象徴するような存在でもあったのだと、今にして気づく。絶えず気にかかり、慕わしくいとおしい、大切な鉄道。江の川に沿ったその道のりは、往《い》く路でもあったが、私には帰り路だった。そのＪＲ三江線が、この3月末をもって廃止される。いまだ受け止め切れず、整理し切れないさまざまな想いやさびしさが募る。

三江線は、１９２６（大正15）年9月に江津―川戸間から着工され、１９３０（昭和５）年4月に同区間が開通したのち、段階的に開通区間を延伸するも、途中で戦争の拡大による工事の中断があるなど紆余曲折を経て、１９７５（昭和50）年8月31日、ようやく江津―三次間が全線開通した。『邑智町誌　下巻』には、そこへ至るまでの経緯や困難について詳述されるとともに、着工される以前には、明治20年代から鉄道敷設へ向けての運動や奔走があったことをふまえて、「父祖八十年来の悲願達成―三江線の全通成る―」とも記されている。先人たちの熱意と尽力の賜物としてこの地に生み出され、全通後も幾多の問題を抱えながらもそれを乗り越えて存続せられてきた三江線の、その価値と重みがあらためて思われ、廃止が一層切なく惜しまれる。時代時代における人びとの願いや努力によって、ある時代を人びととともに生きてきた鉄道は、沿線の住民も旅人も、乗客それぞれの日常や非日常を支え、また支えられもして、互いに日日を彩ってきたのだろう。

三江線にまつわる記憶はさまざまにあるが、自分にとってはかけがえのないものばかりだと感じる。家の近くの鉄橋を渡る列車と汽笛。駅に家族が迎えにきてくれ、また見送ってくれたこと。子どもの頃、家族と、あるいは一人で、三江線に乗って浜田の親戚へ遊びに行ったこと。学校行事や各種大会、地域の旅行などといった折折の機会に、友達や大人たちと大勢で三江線に乗り合って出かけたことなど。あの頃は現在とは違い、朱色の車体でボックスシートがずらりといくつも並んだ車両だった。窓を開けて川べりの風を感じたり、線路脇に迫る山から伸びてくる枝葉に激しく窓をたたかれて驚いたりした。

むかしも今も、三江線の車窓からの眺めがとても好きだ。朝夕の鏡のような江の川の水面とそれに映る山山や、川霧が山に這い上ってはたなびく光景は、見慣れたものであってもどこにでもあるものではない。故郷の風景のなかを走る三江線の姿にも、いつも心惹かれていた。ひたすら真面目に、いつでも黙黙と懸命に走るその姿からは、あたたかみのにじむ愛らしさやほがらかさとともに静かな忍耐を感じ、多くのことを教えられる。

三江線は私の心の鉄道だ。大好きな三江線の無事なる運行を見届けたい。

水際の風景

実家のすぐそばには大きな川が流れており、ちょうどそこへ注ぎ込む支流の終わりに、古い石橋が架かっている。

そのとき、橋の上には、ほかの場所よりいっそう強い風が吹いていた。そこだけにとくべつな風が吹いているというよりは、おそらくは、山や沢などにぶつかりながら、どういうしくみか、そこでいきおいを増しているらしかった。

わたしは橋の真ん中で立ち止まると、風に吹き飛ばされそうになる帽子を片手で押さえて、下を流れる川をのぞき込んだ。

猛暑のためにか、川の水は少し減っているように見えた。ここから下に落ちても、おそらく面倒な怪我をするだけで、命を落とすようなことはないだろう。そんな考えを脳裏に浮かべながら、もう一方の手のひらを、ところどころ欠けたりひびの入ったりした石造りの欄干にかけたとき、真昼の陽に灼かれ続けた石の表面が、その熱でわたしの手を払いのけた。

橋の上で、押さえてもなお飛ばされそうになる帽子を、わたしはいっそ脱いで、持って来ていた日傘にかえた。前日に貰ったばかりの黒い日傘は、ひらいた途端に、風に大きくあおられて、骨ごと反っくり返ってお猪口になった。

〈はうらいえし〉

〈昭和十年十二月竣功〉

橋を渡りきるとき、親柱に刻まれている文字を読む。石が朽ちて、判読しづらくなっている部分を、指先で払うようにしてなぞりながら、目をほそめたりはなしたりしては、しばし見つめる。まだ読むことができるとわかると、わたしは少し救われたような気持ちになって、橋をあとにして川岸へと続く坂道を下りた。

舟着場には、精霊蝗虫を思わせる、ほそい小舟が二艘、とまっていた。一艘は緑色に塗られ、もう一艘は、もともと塗ってあった青色の塗料がすっかり剝げ落ちて、赤茶の地色がむき出しになっていた。

二艘の船体をかすかに揺らし、岸辺にさざ波を寄せる川の水に手を浸ける。浅瀬の底には、川蜷がぽつりぽつりと、それぞれにはなれて沈んでいた。

大きな川が屈曲するこの地点に、支流が注ぎ込んでいた。そのためにこの付近には複雑な水流が生まれ、水面には渦を巻くようなさざ波が起こっていた。水の深さや流れの向きは、場所によって異なるように見え、岸から川面を眺めているだけでは、はっきりとは見定められなかった。

あぶないぞ、とわたしはひとりきりの河原で胸に思った。

舟着場から場所を移り、今度は流れに張り出す洲の際にしゃがみ込んで、そこでもまた水を触った。あたためられた水際に沈む小石を手に取ると、ぬるぬるとした表面のぬめりが、その石がもう水中に長く居ることを伝えていた。おれはもうここも長いんだ。ぬめりをまとった石の誰もが、黙ってそう告げていた。

わたしはなるべく平たいものを選びながら、しかしほとんど手当たり次第につぎつぎに河原の石をつかむと、水面を切るようにして続けざまに川に投げ込んだ。

石は大方二度まで跳ねた。

ひとつ、ふたつ。ひとつ、ふたつ。ひとつ。……

ときにはみっつまで跳び跳ねながら、石は水の上を進んでいく。多くは思わぬ角度で手を離れ、意外な方向へ飛んでいった。いつかようやく陸へ上がり、折角この場所にも慣れてきたところだったのに、などという、石のさまざまな事情や環境に、配慮も遠慮もすることなしにずかずかと踏み入っていくことの、罪深さや恐ろしさを身に感じつつ、それでも石を投げ続ける自らの咎は、どれほどのものであるのだろうかと顧みながら、わたしは次の石をつかんでいた。

〈しばしば人は芸術が醜を再現する権利を有するかどうかを問題にします。

（中略）

芸術家にとっては、自然の中に決して醜なものはない。みな美しい。彼は、他の人たちにとって、醜悪であるものを美に変ぜしめる。

なぜといえば美とは、芸術においては、強く表現された真の事に過ぎないからです。ある芸術家が自然の中で眼に映ずるどんな物をでもその真を力強く、深く表現する事に成功したら、その作品は美です。これより外にそれを判断する道はない。

そして、反対に、愚かにも自分の見るところをきれいにしようと努める者、現実の中に認めた醜に仮面をかぶせ、その包含している悲しみを少くしようと望む者、こういう人たちこそ、本当に、芸術における醜に出会します。この醜とは表現力のない事です。彼の頭や彼の手から出て来るものは、観る者に何事も話しかけずまたその魂に何の効果ももたらさないので、無用で醜です。〉

(「ポール　グゼル筆録「ロダンの家にて」より」高村光太郎訳　高田博厚・菊池一雄編『ロダンの言葉抄』岩波文庫)

わたしは隘路に入り込み、どうしてもそこから抜け出せなくなっていた。後ろへ退くこともできず、かといって、前に進むこともできなかった。四方のどこにも、道を見つけることができなかったのだ。からだの内や外には、さまざまな言葉や様相が行き交ったが、それをいつもうまくつかまえることができなかった。何かが映っても、それは嘘や幻であることがしばしばだった。真のこと、ほんとうのところをあらわすのでなければ、それは何の意味も価値もないつまらない作り事に過ぎず、不用であるばかりか、「してはならない」という意味での無用であり、それをあらわし、世に混ぜることは、罪であり害悪であるとさえ感じていた。いまの自分は、真に触れ、それを深く強くあらわすことに、難渋している。

拾い上げた石の近くを、一匹の螻蛄が歩いていた。

平たい石ばかりを探すわたしの目には、それ以外に格別なものの見当たらない砂礫の上を、螻蛄は迷いのない足取りで、一直線に突き進んでいく。

その後をついていくと、螻蛄は追われている気になってしまったのか、いつしか逃げるように足をはやめ、やがて何もないところで急に向きを変えると、いま来たところを、まっすぐ一目散に駆け戻って、ごろっとした大きな石の陰に、すばやくもぐり込んだ。

目を転じると、上流の方から、カヌーに乗ったひとたちが、ゆっくりと流れを下って来ていた。少しはなれた川岸では、釣りびとがひとり、ずっと糸を垂れていた。

螻蛄はすでに石陰で完全に身を隠し果せたつもりになっているらしく、くつろいでさえいるようだった。どこからか、もう一匹べつの螻蛄が走り出して来て、その石陰に一瞬立ち寄った。

そのとき突風がわたしの背後から襲って、頭から砂塵を吹きかけた。同じ風に背中をおされて、わたしは目をつぶったまま二、三歩前へ進んだが、目を開けてみると、あと少しであやうく水に入りそうな際に立っていた。

水際から下がって、あぶないな、と吹き去った風に抗議するようにつぶやいた自分の声は、どこか少し愉快げなものを含んでいるようにも聞こえた。

火と氷

暦の上ではすでに秋。昼間は蟬、夜には秋虫が鳴く。日は次第に短くなってきた。残暑の中にも秋の気配が混じる。

お盆に帰省して、お墓や仏壇に火を灯すことが多かったせいか、あらためてこの本を読みたくなった。夜、仏間の蛍光灯の下で、柳田国男著『火の昔』（角川ソフィア文庫）を開く。太平洋戦争さなかの昭和十八年（一九四三）に書かれ、翌十九年に刊行された本書は、その後も版を改め装本を新たにして、今も読み継がれている。

〈今まで聞いたことがないというような話を、若い人たちにして聞かせるのが、この本の目的であった〉。はしがきにそう書かれる本書からは、ガスも電気もＬＥＤ照明もなかった時代の私たちの先祖が、どのような火を、どう作り、どう使って生活してきたかを教えられ、さまざまに考えさせられる。灯火や煮炊き、暖房や行事のためなど、暮らしの中で必要とする「火」にまつわる諸事、燃料、道具・器具、発火法や作法や風習等の変遷について、やさしい語り口でこまやかに伝える。先人たちの苦労や工夫、闇や知恵や注意の深さ、自然や神仏に対する畏敬の念とその繊細な感覚に気づかされ、胸打たれる。スイッチ一つで物事が広く簡便になされる時代に恵まれた自身の中で眠りこけていた感覚を呼び覚まされ、今あること／ないことを絶えず意識し感謝しながら、今後を考えるための本だと感じる。

一方、前野紀一監修『ひんやり氷の本』（池田書店）は、雲や霧や雨や雪にと姿を変え続ける水の、「氷」としての姿に焦点を当て、成り立ちのしくみや、活用法、製氷法などに触れつつ、多様な角度からその魅力に迫る。〈かき氷は／地球を何千回もめぐってきたその物体が／冷えて固まった水の化石みたいなもの〉。扇風機も冷房もなかった時代を思いながら、夏の終わりにかき氷をもう一度、と憧れる。

神秘を見つめる日本紀行

秋の風。それに触れるとにわかに込み上げてくるものがある。郷愁、と呼び得るものかもしれないが、必ずしも故郷や古《いにしえ》を思うものとは限らない。日日刻刻とその温度やきめ、向きや強さを変化させつつ今を吹き抜ける季節の風は、過去からくるのか、未来からか。はるかな時空をめぐってきては過ぎ去る風に吹かれたとき、自らもそれに触っている。目に見えぬほどのものであれ、互いに何か影響を及ぼし合っているはずである。

岡本太郎（一九一一―一九九六）の『日本再発見　芸術風土記』および『神秘日本』（ともに角川ソフィア文庫）は、それぞれ一九五八年と一九六四年に刊行された同名の著作が文庫化されたものである。前者で著者は、秋田、長崎、京都、出雲、岩手、大阪、四国を訪ね、古層から現代に至るまでを見つめ感受して、土地土地の風土に育まれた文化に息づき潜むものを「芸術」の観点から捉え、その可能性や問題を摑み出し、鋭い考察を加えてゆく。また後者では、東北地方、熊野地方、広島などを訪れて、イタコやオシラさま、修験道と密教、花田植、といった各地の風土と生活に関わる信仰・民俗について、「神秘」に着目しつつ凝視して、一層思索を深め展開する。

いずれの書でも、著者は学術的あるいは通説的理解や見地にとらわれず、独自の視点と感性に基づき、歯切れよく説得力のある論考を重ねてゆく。情熱と情趣に満ちる見事な文章と写真によって綴られた鮮やかな日本紀行は、著者自身の芸術観・芸術論を映し出すものでもあり、刊行から五、六〇年が経とうとする現在においてなお、刺激的で示唆に富む。〈見せる、と同時に見せないという矛盾〉〈つまり、見せて見せないことである。それは一見パラドキシカルだが、芸術の極意だ〉(「曼陀羅頌」『神秘日本』)と語る著者の幾つもの言葉と指摘が、今も激しい呪力をもって呼びかける。

五、日日

空の海原

マンボウは、たったひとりで、大きな水槽のすみにいた。

都内にある水族館の、屋上の一角に設けられた、マンボウのためだけの、壁一面のプール。

ひとり住まいの、マンボウの部屋――。調度品も何もない、ただがらんとした水中の、向かって右下の手前あたりに、マンボウは、少しうつむいたまま、やや受け口気味に見えるおちょぼ口を、つまらなそうに動かして、ぼそぼそと、きこえそうできこえないくらいのかすかな声で、何かつぶやき続けているみたいだった。

「何?」

わたしは、けっしてこっちを見ようともせず、水槽の底の角の方を見つめたまま、ひとりきりの世界に没入しているらしいマンボウに、何か言いたいことがあるのかと、話をきいてみたかった。

(。。。ジョソケキククコォコォ。。。)

水槽の壁は厚く、彼か彼女かわからぬその銀灰色の鎧兜をつけたような巨体の魚は、うす暗い水の中で、声を出さずに、ただ思いだけをこぼれさせるかのように、まるい口をゆっくりと、たえず開閉させているのだった。

（きこえない……。）

まちがいなくナイーヴで、少し、神経質そうなところがある――。何に対してか、その胸の奥のことはわからないが、どこにもやり場のない思いを、巨きなからだのうちに溜めて、それでこうしてつぶやいているのだ――。そう感じながらも、一方では、プランクトンでも食べているのか？　そうも思われ、そしておそらくそれが一番事実にちかいようにも考えられたが、すこしぼやけて、ゆがんで見える水のすみに、ひとり沈むように浮かぶマンボウは、そんな風には見えなかった。

マンボウを見たのは、それが二度目だったか、三度目だったか。いずれにしても、この水族館の、この水槽にいるものしか、見たことはないのだった。巨きなからだには、まず顔があり、エラ穴と胸びれがあって、おなかが続いて――と思ったら、その先についた上下ふたつのひれのあとは、いきなりすっぱりと断ち切れたようになっている。これがマンボウであるかとはじめて見つめた魚は、そのときうす暗い水槽の、真ん中の上の方に浮かんでいた。からだの末尾には、ひらひらとしたひれがとってつけたみたいについて、不思議な仕方で曖昧におわっていた。

（あのとき見た、同じマンボウ？）

どのくらい長く生きるものなのか、知らなかった。かつて見た個体とは、どこか、印象がちがうような気もしたが、見分けられるはずもなかった。あれは何年前のことだったか、手がかりにそれを思い出そうとして、一緒に来た人のことを少し思い出しただけで、肝心のことは、思い出すことができなかった。

陽が傾きだした屋上に、温度をわずかに下げた風が吹きはじめていた。屋根壁に覆われた水槽の前に、ふたり連れの男のひとたちが入ってきた。それまでは、わたしのほかに誰もいなかった。ふたりは、マンボウを見ながら、一言二言、ことばを交わした。わたしにはわからない、よその国のことばだった。彼らにマンボウの正面を譲り、横へずれると、脇の壁に掲げられた説明文が目に入った。

《マンボウの飼育

外洋を漂うマンボウは群れを作らず、ただ一尾で生活しています。ちょっとさびしい気もしますが、広い大海原では仲間と出会うことも稀です。また、一緒に複数のマンボウを飼育すると、ケンカをすることもあります。マンボウにとっては、一尾でマイペースに暮らすのが一番なのです。》

じっくり二度ほど読むと、もう一度、水槽の前へ戻った。そうだったの。胸でつぶやいて、青みがかった水の中をのぞいた。マンボウは、まだ同じところにじっとしていた。もう少し、話しかけてみたい。そう思ったが、さよなら、とも言いあわず、わたしはそこを立ち去った。

《現在の飼育日数　2年2ヶ月》――。壁のパネルに書かれた文字を、通り過ぎるときに横目で見つめた。ふたつ並んだ数字の《2》だけが、黒い手書きの文字で記されていた。

一番星

暮れかかる頃、とある大学通りを歩いていた。

空を見上げると、雲なく晴れ渡ったそこには、一番星が輝いていた。

車道には車が往来し、狭い歩道ではときおり人とすれ違った。互いに見知らぬ者同士であるから、すれ違いざまに「こんばんは」、などと挨拶し合うこともなく、黙ってただ通り過ぎる。

「一番星が出ていますね」

「どこに?」

「あすこ」

などと教え合うこともない。無言のまま追い越したり、追い越されたりする。そのあいだも休まず日は少しずつ暮れてゆき、星は輝きを増してゆく。

一番星は、行く手寄りの遠い空に出ている。この夕べにはじめて光り出したような、清新な輝き。人にぶつかったりつまずいたりしてはいけないから、空ばかり見て歩くわけにはいかない。自他の安全な歩行をさまたげない程度に気をつけながら、幾度か目を上げて空を見渡す。

周囲にはまだほかの星は見えなかった。

　まっすぐ続く道をゆくうちに、次第に空は濃く色づいていった。ふと、うっすらほそく雲が伸びているのに気がついた。何気なくそれを目でなぞると、先端に小さなものが動きつつかすかに光っていた。飛行機であるらしかった。どこへ向かって飛んでゆくのか。一番星の出ている方角だった。あそこにも今、少なからぬ数の人びとがいるのだ。それぞれの目的や意志や事情を持って――。そのように考えてみても、にわかにはぴんと来ない。行方を見送ると、やがて機上の光景がじんわりと脳裏に浮かんできた。眠っている人、夕刊を開いている人、小腹を満たそうとしている人。忙しく、しかし優雅に立ち働く客室乗務員たち。操縦室のパイロット。機内に灯る明かり。夜へと向かう窓外の景色……。もちろん、目を凝らしても、肉眼で機上の人の姿を見ることはできない。あちらからはこちらが見えるだろうか？

　視線の先を、羽を広げた鳥のシルエットが通り過ぎる。鳥の鳴き声。何羽かが鳴き交わしているが、何を言っているのかわからない。疎外感を味わうでもなく、一人歩き続ける。空、と言っても広さも深さも遠さもはかり知れない。そんな広い広いはずの空において、幾らか（どれほどか）離れたところでおのおの淡く光っている一番星と飛行機は、ここからは同じくらいの大きさに見えた。

　その星は、宵の明星、ともいわれる、金星であったのだろうか。夕時の西の空に輝くそれは、東京都心に近い場所でも、肉眼で見てとれるのだった。

家に帰り、沼澤茂美・脇屋奈々代共著『宇宙』（成美堂出版）をひらく。

本によると、金星は太陽系の八つの惑星のうち、水星に次いで太陽に近い第二惑星であり、大きさや重さは地球よりわずかに小さい程度だという。地球軌道のすぐ内側に位置し、約一一七日で自転して、二二五日で公転する。惑星の中では唯一、自転方向と公転方向が逆である。空は常に厚い雲に覆われて、硫酸でできたその雲からは硫酸の雨が降っているが、大気の九六％が二酸化炭素であるため、温室効果によって気温が高く、雨は表面まで落下することなく途中で蒸発してしまう。金星の表面温度は、太陽に最も近い水星よりも高温の、約四七〇℃に達するという。

知らなかったことばかりであり、金星について日頃ほとんど意識せずに過ごしてきたことにも気づかされた。身近なようでいて、それだけに目も足も心もとめずに通り過ぎているもの・ことは少なくない。しかしあるきっかけによって、あるいはひとたび何かについてその一端に触れたことで、そこから思いもかけぬところへ繋がり、広がり、ひらけてゆくものがある。この日の一番星は、一体どこへ続いてゆくのか。他者も自分も自然の一部であり宇宙の時空の一部である。そんな自明のことでも、あらためて捉え直すと、見えてくるものが違ってくる。足元には注意をしつつも、ときには遠くへ目を遣ることの必要を感じる。遥かなときを生きる星と星のあいだをいま、通っていく。

電車のなかで

新しい年が明けて間もない日のことだった。都内で電車に乗り、横長座席に空きを見つけて座ると、通路をはさんだ向かいの席に、制服を着た高校生らしき女の子が座っていた。彼女は手元に問題集か参考書のようなものをひらいて、熱心に見入っているようだった。時節柄、受験勉強か学校の試験勉強だろうか。そんなことを思いつつ、私はすぐに目を転じ、自分の鞄から本を取り出し読みはじめた。

駅を出てほどなくして、電車が急に止まった。

あれ、と思ったのとほぼ同時に、さっ、と視界に映り込むものがあった。

それは、通路の床にひらりと落ちた、赤いチェックシートだった。暗記用文具の薄いシートだ。

「あ」

私はとっさに目を上げ、向かいに座る女子高校生を見た。彼女の膝の上には、さきほどと同じように、問題集か参考書のようなものがひらかれていた。電車が急停車したはずみに、そこからすべり落ちたものだということは、すぐにわかった。しかし、女の子にあわてる気配はなかった。彼女は眠っていた。

私がそのチェックシートを拾おうとするより早く、誰かの手がそこへのびていた。女子高校生が座る座席の脇に立っていた女性だった。そのひとは、すばやくやさしくチェックシートを拾い上げると、さっと元のページに戻した。あっという間の出来事だった。女の子は気づかず眠ったままだった。

追って、電車が急停車したことを知らせ、それを詫びるアナウンスが流れた。電車はしばらく止まったのちに、また動き出した。

何事もなかったかのように、電車は進み、車内の様子も、少し前と変わらぬすがたに戻ったかに見えた。しかし、その出来事が起きた前と後では、確かに物事は動き、車窓の景色も変わっていった。私の心も動かされた。

次の駅がきて、電車が停まった。

女の子は目を覚まし、あたりを見まわして、膝の上の本を閉じ、急いで電車を降りていった。目を閉じていたあいだのことは、何も知らず、気づいていないようだった。

女の子が出ていった乗降口から、幾人かが降り、幾人かが乗り込んできた。わずかひとときだけ空いた席は、また新しい乗客に、次次に埋められていった。

女の子が座っていた席には、今度はスーツを着た年配の男性が腰を下ろした。ついさっきまで誰がそこに座っていたかなど、もちろん知らず、そこで何が起きたかも、知る由もないはずだった。私もまた、どこであれ乗り込んだ車両では、いつもそうであるのだろう。誰もがすべてを知ることはできず、すべてを知る必要はない。知りたくとも知り得ないこと、知るべきこと、知らなくてよいことには、どんなことであるのだろう。伝えてよいことや、伝えなくてよいこと、その境や区別や違いなどというものは。

私がこの車中で出会い、垣間見て心動かされたものは、何だったのだろう。ごく当然自然の行為のすばらしさ、とでも言うべきものなのだろうか。それとも、そうしたものが含まれる日常空間の貴さ、その場の空気のありよう、というものだろうか。言葉にしようとすれば、上手く言い得ず、すり抜け、抜け落ちてしまうものがある。その、言葉で表せない部分こそが、大切なものであるような気もする。

私もまた、自分の気づかぬところで、あの女の子が受けていたような行為を、日日どこかで、誰かから受けているのかもしれない。たまたまその場に居合わせ、その光景に出会うことができたのも、私の知らぬところで、誰かが、何かが、状況をそのように整えてくれたおかげだったのかもしれない。そんなひとときやかかわりを、人知れず、誰もが互いに持ち合っているのかもしれない。そのようにして、電車のなかで、この世のなかで、入れ替わり立ち替わり、隣り合っているのかもしれない。

時空を繋ぐ場所

〈四谷の土手に上がり、木の長椅子に腰掛けて、眼下に広がる御濠の跡を眺めていた。……土手沿いに幾本も松が植えてあり、いずれも樹齢何年になるのかは知らないが、それぞれが天を衝くように背高く伸びている。そのうちのある一本は、雷でも落ちたかのように、その幹に鋭く斬り付けられた傷跡のごとき痛ましい裂け目が縦に大きく入っている。……〉

たとえばこのようにはじまる創作の一編を、以前、私は書きはじめていた。ここに登場している人物あるいは語り手は、いつの時代に棲む者とも判然としないある男で、生成りがかった白い洗い晒しの開襟シャツを着て、くるぶしが出るあたりまで黒ズボンの裾を折って履き、肌の白い素足に下駄を引っ掛けている。その土手には新宿方面から歩いてきたのか、あるいはもっとべつの場所から、すぐそばの駅まで電車に乗ってやってきたのか、そのほかにもまだはっきりとはしないことも多いが、ともかく彼は、下駄をからがら鳴らして土手に上がり、眼下の景色を眺めている――。そんな情景を思い浮かべながら、私は冒頭のような文章を、かつて綴りはじめていた。

この場面のモデルとなった土手の近くに、私は以前勤めており、昼休みなどにはよくそこで一人で過ごした。遊歩道になっている土手には松と桜が並木をなし、春はそこで花見をする人たちでにぎわった。私もかつて、職場の人たちと桜の下でお昼ご飯を食べたりもしたが、今でもときおりよく思い出すのは、桜にはまだ早い季節の、まぶしい光あふれる、それでいて肌寒い凛とした空気の満ちる、春先の昼の光景である。私はそこに点点と置かれたベンチの一つに腰掛けて、眼下に広がる濠跡のグラウンドや駅やその線路をはじめ、遠いようで近いところに夢か幻のように見える迎賓館のエメラルド色の屋根や、新宿方面に林立する高層ビル群から立ちのぼる街の気配などをぼんやりと眺めては、思いに耽ったり、何かをひたすらノートに書き綴ったりしていた。それは今思い返しても至福とも言えるひとときだった。とはいえその頃の私の心中は、決して穏やかなものではなく、勤めの傍ら取り組んでいた創作に関する焦りやもどかしさでいっぱいだった。それは今でも消えたり晴れたりするものではない。ただ、自らの内にある空気や景色は、少しずつでもどこか変化していくものであってほしいと願う。

その近くでの勤めを辞めてしばらくの年月が経つが、ふと振り返ると、その土手は今でも不思議と私に、創作の至福と至難とをともに感じさせる特別な場所の一つとなっていることに気づかされる。濠跡からも道路からも一段上がった位置にあり、地続きとはいえ、いわば中空に土の地面と松と桜の並木がある、自分の知らぬ歴史をも感じさせる奇妙なその一帯は、私には憩いの場とも修練の場ともいえる特殊な時空として、現在にまで細く長く繋がっているのを感じる。

今年の春先に、冒頭に断片的に記した一連の文章からもう少し先の場面まで綴ったあと、思い立って久しぶりにその土手へ行ってみた。そこに実際にあった景色は、私が自身の記憶を基にしてありありと思い浮かべていた創作上の場面とは、細かいところに幾つもの相違があった。まず、作中で開襟シャツの男が腰掛けており、その後彼が見知らぬ男に出会う場面にあるはずの〈木の長椅子〉にあたるベンチは、今は一つもなくなっていた。また、松の並木の一本一本に見られる幹や枝ぶりなどの特徴も、私が思い浮かべていたものとは幾らか様子が違っていた。しかしそれらのことは、あくまで虚構として描いている作中の風景や人物たちの心理や行動などには差し支えがない。さらには当然のことながら、そこには開襟シャツに下駄履きの男も、のちに彼に声をかける見知らぬ男の姿もなかった。自然と心に浮かぶ彼らは、一体何者なのだろう？　私は作中人物を自分で動かすことはないが、一方ではたとえばこのようにして、作中人物である彼ら彼女らに心と身体を動かされ、生かされていることを、折に触れて実感する。

あたりを見渡しながら土手を歩いていく途中で、私は一人の年配の女性とすれ違った。

「カッちゃん！」

そうきこえたが、私に向けられた声のような気がして、人違いかと思いつつ振り返った。するとその人は、手にした袋から、何か小さな粒のようなものを、地面のひとところへわずかにこぼすように置き、ふたたび顔を上げて、「カッちゃん！」とどこへ向かってかもう一度呼んだ。その後、彼女がゆっくりとその場を立ち去って行くと、入れ違いに、どこからかばさばさと何かが飛来してくる翼の音がした。見上げると、それは一羽の烏だった。そばに立つ松の木の天辺の枝にとまって、私を気にするようにして、そわそわと首を動かしていた。

私はそっとその場を離れた。烏はひらりと、女性が置いていった幾つかの粒のもとへと降り立った。

地面と高殿

いつも通る道ではない。何度かに一度、その道を選ぶ。数日ぶりに歩いて、私は息をのんだ。このあいだまではそこにあったはずの屋敷が、跡形もなくなり、すっかり更地に変わっていた。すきな風景と一緒で、その屋敷の前を通るときは、見るともなしに眺めて過ぎた。人気のない小さな木造の屋敷で、敷地はそう広くはなさそうだが、品よく手入れのされた庭の木立が、立派な門構えの向こうにのぞいていた。昼も夜も、しんとして、人影もあかりも見なかった。それでも屋敷は蓬屋とも抜け殻とも感じさせない。座禅を組んで、身動きもせずに、半眼で、だまっている。人格のようなものがあった。そのたたずまいには、慕わしい気持ちが湧くと同時に、どこか不安な気持ちも生じていた。謎めいているが、無気味なのではない。不穏、というのとも違う。むしろその反対で、いつまでもそこにいてほしいと願う分、無意識のうちに、別れのときをおそれていた。

ここ数年、近所では、こうした建物が、つぎつぎと取りこわされている。どの家も、近ごろではめずらしいと思われるような趣深い木造家屋ばかりであったから、そばを通りかかるたびに、まだ建っていてくれることを確認できるだけでうれしく、それがどこか支えにもなっていた。知り合いの家でも何でもない。住んでいるひとがいるのかどうかすらわからない。ただ通りすがりにすれ違うだけの赤の他人であったから、突然の別れに衝撃を受けても、何も言うことはできない。そんな赤の他人の目にも、ある日いきなり、彼らが建っていた生の地面があらわに晒される。それを目の当たりにするたびに、距離感が崩れて、当惑する。

解体中の家を見るくるしさもある。家の断面。床の間に取り残された白い壺。すっかり何もなくなった剝き出しの地面は、そこに至る過程に感ずる痛ましさとは、もうひとつ別の感情をもたらす。丸裸を通り越して、内臓や骨、それをも通り越して、灰。それすらも、きれいに片付けられたあとだ。それは家のなんだろう。その家が、建っていた場所。占めていた面積。更地になった〝そこ〟は、いったいだれなのか。雨が降って、水たまりが出来ていることもある。今後の予定はどうなっているのか、長いあいだそのままになっていることもあれば、早々に次の建築に着手されることもある。私はただそのなりゆきを横目で見届ける。何か別の建物が建つのならまだ救われるような気がする。私がいつも内心避けたいと思っているのは、ある日そこが時間極めの駐車場になっているのを見ることだ。

〈三年前に近所に住む女主人の高木タマが死んで、遺族の手で二階建ての木造住宅がこわされた。ここが有料の自動車置場になってから、私の最初の休み場所になった。高木タマは夜更けの便所のなかで倒れ、家人が発見したときは手のほどこしようもなかった。坂の途中なので、タマと逢うこともあったが、軽く会釈をかわすだけで、たがいに言葉はかけなかった。タマは彫の深い、暗い感じの顔を伏せて、私に一度も笑顔を見せたことはなかった。男ぎらいだろうと思っていた。〉

和田芳恵の傑作短篇小説「接木の台」の冒頭近くの一節である。

主人公の〈私〉は、すでに老年にさしかかっている。五年前に急性肺炎をわずらってから、がっくり衰えていた。長原駅から歩いて二、三分のところに住んでいるが、それがいつからか五分も十分もかかるようになっていた。駅へ行くときは坂道をあがることになるが、それほど急な坂ではないその短い道の途中で、呼吸をととのえるために、何度か立ち止まるようになっていた。ゆっくり歩いても息切れがひどかった。最初の休憩場所が、その自動車置場だった。〈こわし屋が来て、建物がなくなった地面に、白い、つるつるした陶製の便器がむきだしになったまま長いあいだ投げ出されていた。高木タマは、この便器に跨ったまま、いのちを落としたらしい。脳溢血であった。そのあたりにペンペン草が生えて、風に揺れ動いていたころ、どこからともなく、主人は町工場の経営者で、若い女とできたためにタマと別れたのだという噂が流れて来たりした。私の妻は結核で死んだが、後添は、ちょうど一廻り年下である。女主人のタマは、私を胡散くさい男と思い、毛嫌いしていたのだろうとはじめて納得した。〉

和田芳恵は、明治三十九年（一九〇六）に北海道で生まれ、昭和五十二年（一九七七）に七十一歳で東京で亡くなった。昨年の平成十八年（二〇〇六）は、彼の生誕百年という年であった。元は雑誌編集者として活動し、のちに樋口一葉の研究者としても知られた、直木賞作家である。滋味深い作品を多く残し、日本文学に生涯尽力した大事な作家である。この作家が、どれほどの苦労をして生き抜いたひとであったかは、晩年の写真にうつる、その顔に刻まれた深い皺が物語っているように思われる。

近所のあちこちで古い家が取りこわされるのを見るたびに、私はいつもこの小説を思い出す。そんなささやかな点ひとつをとってみても、作品が、それを読む前と読んだ後で、読者のなかにはっきりと変化をもたらしていることがわかる。それは決して小さなことではないのだ。この先も、「接木の台」を思うことなしに、解体された家やその跡地を見ることはないだろう。

作品のことを思いつつ、更地にかえった土地を眺めるとき、自然とその宙空に、もともと建っていたはずの家や、見知らぬ光景を思い浮かべていることがある。過去を見るのか、未来を見るのか、或いはまったく架空の世界を見ているのか。それらを辿ろうとしながら、ふとこれは何かに似ていると思い、まさに創作の手続きそのものと通じていると気づく。何もないように見えるその場所に、何かが存在していると感じ、あるいは何かが出現するのを目撃する。そのかたちを言葉でなぞり、撫でるように築き再現する作業。透明人間に、砂や墨をそっとかけて、輪郭や姿をあらわにするのと同じようなものかもしれない。

更地とはなんなのか。ある空間が更地に戻り、あらたに生まれかわるということは。可能性だろうか。限界だろうか。変幻自在か、流転輪廻か。固定された一枚の地面の上で、その都度家や駐車場となっては、かつ消え、かつ結ぶ。一度生まれた作品は、更地には戻らない。けれども読まれるそのたびに、読むひとをそれぞれに乗せて運ぶ空飛ぶ絨毯となり、ひとというおかしなかたちをした植物や高殿を育み築く土壌ともなる。あるいは、また読者という接穂を育てる台木となるとも言えるのか。「接木の台」に接木されながら、でこぼこの地面の上で考える。

雪の中の悟浄

雪の中で、私は待っていた。隣町の高校へ通うために、毎日乗っていたバスを。

その朝は、いつにない大雪が降り積もり、定刻を過ぎても、バスはやって来なかった。一緒に待つひとのいない停留所で、時計を何度も見ては、次の瞬間こそ、地鳴りのような音を立ててあのカーブを曲がって来るのではないかと期待をもって見つめるが、二十分が経ち、三十分が過ぎても、バスは姿をあらわさなかった。

その頃は、携帯電話はなく、公衆電話ならば少し離れたところにあったが、かけに行っている間にバスが来てしまっては困ると思い、私はただじっとそこで待つしかなかった。

雪はやまない。腹の底からぐつぐつと震えがわき上がってくる。足は痛いほどに冷えてゆく。傘の中で、私は文庫本を開き、バスが来るまでの時間と寒さとを忘れようとしていた。いつもなら、座席にすわって読むはずの本。その日鞄に入れていたのは、角川文庫の中島敦著『李陵・弟子・名人伝』であった。降りしきる雪の中で、私は「悟浄出世」を読んでいた。妖怪・悟浄の物語に励まされ、なぐさめられながら、来るとも来ないともわからないバスを待ち続けていた。

中島敦の短篇集には、もう一つ別の記憶も重なる。小学生の頃、六つ年上の姉がいつも読んでいる本があった。こちらに向けられた表紙には虎の絵が描いてあり、難しい漢字のタイトルが並んでいた。姿を見るたびに姉がいつも開いているように思われるその本に、私は少なからぬ関心を抱いていたものの、その本は何か、題名は何と読むのかと、訊いてみたことはなかった。

それが新潮文庫の『李陵・山月記』だったと知ったのは、いつのことだったか。高校一年生の現代国語の時間に「山月記」を習い、これが、姉が読んでいた本に収められていた作品だったのかと知ったときのよろこびは、ささやかではあるが、小さいものではなかった。

雪の日に一緒だった『李陵・弟子・名人伝』を久しぶりに本棚から抜き出して「悟浄出世」を開くと、頁の終わりに、九一年二月某日の日付が記してある。あの日のことなのだろうか。残暑の中で振り返りつつ、その節は、と礼を述べる。

泳ぐ人びと

ひさしぶりに会ったひとのおなかの中には、あたらしい命が宿っていた。

「次の人」、とそのひとは笑いながら、おなかの中のわが子を呼んだ。

「まだ、男か、女か、わからない。」

妊娠のことをまったく知らずにその日会い、五ヶ月になるのだときいて、そうは見えない大きさにおどろき、わたしはテーブルのむこうをのぞき込んだ。

「だけど、もう、どちらであるかは決まっているんですよね。」

わたしは素人のようなことを訊いた。

「とっくに決まっているけど、先生が、教えてくれなくて。」

ふたり目も男の子だときいて、泣くお母さんが多いから、と病院の先生が口を閉ざすのだという。

「ということは、また男、っていうことでしょう?」

そのひとは、大きく目を見ひらいて笑った。次は、女の子がよかったんだけれども、と言いつつも、ほんとうは、そんなことは問題ではないという母親の大らかさが漂った。

その日ふたりで会う約束は、半月ほど前からしていた。数ヶ月ぶりのことだったが、以前は毎日顔を合わせていたひとだったから、ひとたび会ってしまえば、すぐにその頃の調子に戻る。かつて、狭い部屋で机を並べて仕事をしていた頃は、それぞれに見慣れたカップでお茶を飲みながら、随分いろいろなことを話し合ったものだが、だからこそであったのだろうか、あらたまっておもてでふたりきりでお茶を飲むなどということは、気恥ずかしくて、おたがいに想像もできなかった。

「そのときはたぶん、はじめてのデートのようなことになるでしょう。」

言いながら、当時は「場」というものが生み出す、不思議で解明しがたい関係性を、おのずから意識したものだった。しかし、わたしが職場をはなれ、これまでとはたがいの関係がすこしかたちを変えたものになったのちに、いざ会ってみると、過去に懸念されたような緊張感や気まずさなどは、ことさら生じなくなっていた。

「思ったより、平気でしたね。」

過ぎた一日《いちじつ》、はじめてふたりで食事をしたあと、どちらからともなくそう言った。

「もう大丈夫、みたいです。」

そのとき感じた小さな幸いのことを、わたしはなんとはなしに、一粒の金平糖のようなものだと思っていた。

「雨が降ってきましたね。」

わたしたちは、駅ビルの二階にある喫茶店の窓際席で向かい合っていた。わたしの席からは、見附の橋や交差点が見おろせた。窓には雨粒はかからなかったが、おもてを行き交うひとびとが、いつのまにか傘をさしはじめていることで、雨が降り出したことがわかった。

「傘、持って来ていますか。」

わたしは訊ねた。うなずいたそのひとは、同じことをわたしに訊ね返した。

「持っています。」

安くて、軽くて、小さい折り畳み傘を、わたしは鞄の中に入れていた。用心して傘を持って出掛けた日には、わずかにでも降ってそれをさす機会がないと、要らぬ荷物を持ち歩いたようで、すこし損をした気分になった。

「またやんだみたいです。」

あれこれ話している合間に、ふとまた窓の外に目を遣ると、橋や交差点を渡るひとびとは、もう傘をさしていなかった。

土手沿いの緑が黒いほど濃く繁っていた。白くぼやけた重たい空を、わたしはときおり見つめては、何も見えないそこから逃れるように、目を逸らした。

「東京にいると、いろんなものが近くにあって、どうにも目が疲れるようです。」

前後に脈絡があったのかどうか、そんなことを言いだして、わたしはそこから見える一番遠くの信号や看板や高いビルに目を凝らした。

「このあいだ、ひさしぶりに海や山を見たときには、随分と目が楽だと感じました。」

数ヶ月ぶりに会うといっても、わたしの方にはとくべつ変わったことがなかった。

「それではどうぞお元気で、健やかな赤ちゃんを産んでください。」

駅で別れ、次に会うのはだいぶ先になることだろうと思いながら、わたしは改札を過ぎると中央線のホームに下りた。

地上には、妙な湿気が満ちていて、立ち止まったそばからからだじゅうにまとわりついた。肩に掛けた鞄から読みさしの本を取りだすと、まもなく電車がぬるい風を立てて、湿ったホームに滑り込んだ。

昼下がりをとうに過ぎ、しかし夕方にはまだ早い、空白のような刻限だった。乗った車両には空いた座席は見当たらなかった。わたしは扉に近い場所に立った。目の前には、制服を着た中学生らしき男子がふたり、隣り合って座っていた。それぞれの手元にノートをひろげ、ときおり顔を見合わせては、二つ三つことばを交わす。右の子が持つのは縦罫のノートで、左の子が持つのは横罫のノートだった。どうやらべつべつの教科を復習《さら》っている。試験期間なのだろう。わたしは自分の本をひらいた。

〈レエン・コオトを着た男は僕のT君と別れる時にはいつかそこにいなくなっていた。僕は省線電車の或停車場からやはり鞄をぶら下げたまま、或ホテルへ歩いて行った。往来の両側に立っているのは大抵大きいビルディングだった。僕はそこを歩いているうちにふと松林を思い出した。のみならず僕の視野のうちに妙なものを見つけ出した。妙なものを?——と云うのは絶えずまわっている半透明の歯車だった。〉(芥川龍之介「歯車」)

顔を上げると、車窓からは翳るほど深く色づいた緑葉を生やす銀杏の樹々が立ち並んでいるのが見えた。一瞬でそこを通り過ぎると、横に長く伸びる電線や、正面に隙間なく林立するビル群が、あたりをとりまく空気とともに青く映った。

〈「オオル・ライト」?「オオル・ライト」? 何が一体オオル・ライトなのであろう?〉

次の駅に停車すると、わたしは読みかけの頁に指を挟んで電車を降りた。混み合う階段を下りては上り、べつの電車に乗り換えた。

わたしはこの原稿を書きはじめて、途中でようやく、もうすぐ河童忌であることに気がついた。机上の暦を見ると、今年のその日は火曜日であるらしい。今のわたしには、その日に何があるのかわからない。

あの日電車を乗り換えて、一度家に戻ったわたしは、夕方には演劇を観に行くために、ふたたび家を出ていた。

観劇を終えて劇場から外へ出ると、すっかり夜になり、雨は上がっていた。わたしは、一緒に観にきていた姉とともに、劇場近くの広島風お好み焼き屋に入り、ひさしぶりに一緒に夕食をとった。

席を埋める客たちの話し声と、いくつもの鉄板でお好み焼きが焼かれていく音が合わさりにぎわった店内には、きこえるかきこえないかくらいの音量で、有線が流れていた。小さな卓を挟んで向かい合って話をしながら食べるうち、ふいに姉が、「この曲は――」とわたしにうながした。宙を見つめて、店内のざわめきのあいだに耳を澄ますと、なつかしい歌声と曲がきれぎれに届いた。それは、ユニコーンの「すばらしい日々」だった。わたしたちはそのなかにいた。

バスに乗って

バスに乗って終点まで。休日の日暮れ前。一人掛けの席に座り、窓外へ目を遣ると、普段の景色よりも視点が低い。

公園脇では猫じゃらしの一群れが、陽に透けてそよいでいた。日傘を差した女性とすれ違い、自転車を立ち漕ぎして坂道を上る若人を追い越してバスは走る。写真館、洋装店、焼鳥屋、整骨院……。道幅の広くはない通りに涼しげな柳と街灯。思い思いのひとときを過ごす人びとや散歩する犬たちが行き交う。それぞれのドラマの間をすり抜ける。

向田邦子著『霊長類ヒト科動物図鑑』（文春文庫）の新装版が出た。ドラマ脚本や小説など、さまざまな名作を生んだ著者のエッセイ集。「寸劇」「白い絵」「たっぷり派」「脱いだ」など五十二編を収録。テンポよく次次と展開されるエピソードの数数。機微をうがつ切れ味のよい語り。痛快でユーモアと心配りに満ちた滋味豊かな文章が読者の心身を養う。〈運命や喜怒哀楽や決断や後悔が、四角い薄い形になってつまっている。雑駁《ざつぱく》な街のなかで、あそこだけにはまだ夢が残っているような気がしている。〉（「ポスト」）

暮れてゆく帰りのバスで、杉浦明平編『立原道造詩集』（岩波文庫）を開く。今年生誕百年を迎える詩人。二十四歳で没した後も、作品は愛読され続けている。〈町の空を空が包んで／／町はあかりを胸からともす／／くつきりときらめいて／／小さいが　たしかに／／滲まない旗が揺れてゐる／／旗はあかりより暗いのだ〉（「黄昏《たそがれ》」）。詩に触れて感じるものと、詩が意味するものとが一致するとは限らない。けれど、受け手の胸には何かが灯る。ポエジー100％の詩集。〈……僕はこの詩集がそれを読んだ人たちに忘れられたころ、不意に何ものともわからないしらべとなつて、たしかめられず心の底でかすかにうたふ奇蹟をねがふ〉。これは立原道造自身による「風信子叢書」刊行のおぼえ書きの一節。〈この詩集〉とは、風信子叢書の第一篇として刊行された第一詩集『萱草に寄す』。遅れてきた読者のもとにも、これらの詩集がもたらされたよろこびはともしび。その詩と灯を携えて、このまま新しい旅を続けよう。

日常という異界

茜空。神社脇の道で落葉を拾う。まだ紅葉はしていない。ただ時がきて枝から離れただけのよう。木の葉のいのちはどこまで続いているのだろう。虫食い跡の幾つも残る葉。この穴を作った者は、今頃どこでどうしているのか。誰もが何かを齧り齧られ世を往来している。木から遠ざかりつつ葉を手放すと、ひらっと舞っておなかに当たった。

『吉田知子選集Ⅲ　そら』（景文館書店）は、一昨年より刊行されている『Ⅰ　脳天壊了《のうてんふぁいら》』『Ⅱ　日常的隣人』に続く第三巻。吉田知子氏は一九七〇年に「無明長夜《むみょうちょうや》」で芥川賞を受け、「お供え」（川端康成賞）や『箱の夫』（泉鏡花賞）など数数の稀有な作品を生み出し、現在も新作を発表し続けている。不穏さや禍禍《まがまが》しさ、おかしみやかなしみを潜める日常が、そのまますでに幻想を孕んだ異界であるという現実のありよう。異様さと切実さが生生しく迫る独特の作風・文体は、驚異的でどんな形容も及ばない。

選集Ⅲには、一九六七年から二〇〇〇年までに発表された短編九つが収録される。表題作をはじめ、「泥眼」「静かな夏」「幸福な犬」など、四十年以上も前に書かれたとは思えない鮮烈な作品群に突き動かされる。「そら」は、小学生〈ノサキヨネコ〉の五感を通して摑み取られた世界の様相を、緻密で忠実な筆致で巧みに描き出す。詩に他ならぬものがこれほどまでに確かな結構を持つ小説として表されていることにも衝撃を受ける。〈日曜日は広い。カレンダーの日曜日は赤いけれど、本当は赤くない。白くって運動場くらいの大きな紙。〉

何度力尽くでこじ開けようとしても絶対に開けられなかった壜の蓋のごとき自分の頭が、本書を読むうちいつしか蓋を開けていた。偽りや衒《てら》いのない、強固な力の籠もる作品と作者によって、ガツンと凄い角度からの術を受けた。

魂が語りかけてくる声

日の照りつける昼下がりの往来。すれ違う人たちの中に知り合いはいない。けれど、今このときを行き交う誰彼の存在や気配が、懐かしく慕わしく思われる瞬間が訪れる。それぞれに思いや来し方行く末をもって近く遠くに息づく人や物事には、どんな共通の背景や将来が秘められ、表れ、兆しているのか。さまざまな要素や見方の入り交じる世の一点に、今自分もあるのを意識する。

〈ゆきずりにみる人の身ぶりのうちから　そのひとの昔がみえてくる。(中略) 胸をふたぐといふのではない、いつのまにかつみかさなつたものが　おのれのうちにくるめいてゐる。〉

(「はつ夏」)

『原民喜全詩集』(岩波文庫) は、喜びや安らぎ、それらと表裏一体をなす深い悲しみと祈りに満ちた詩編に貫かれている。それらは小声でも大声でもなく、魂が魂へと直《じか》に語りかけてくるような、静かな声ではっきりと伝えられる。声の主は、原民喜その人の魂であり、またその魂が感受し聴き取った無数の魂であると思える。「原爆小景」とされた一連の作品からは、痛ましい光景と叫びが、背後に広がる沈黙とともに響き渡る。

『原民喜戦後全小説』（講談社文芸文庫）には、広島で被爆した体験を基に書かれた小説「夏の花」をはじめ、散文詩や童話を含む作品三十九編が収められる。終戦の前年に亡くなった妻や、戦禍を被った夥《おびただ》しい死者たちを想い悼む鎮魂の書であると同時に、生者へのまなざしや、ともすると危うくなる自らの魂をも懸命に鎮めようとし続けた軌跡がそこには映し出されている。

〈人間の存在の一つ一つが何ものによっても粉砕されない時が、そんな調和がいつかは地上に訪れてくるのを、僕は随分昔から夢みていたような気がする。〉（「心願の国」）

遺された切なる願いのこもる声をしっかり受け取り、相応《ふさわ》しい響きを返してゆきたい。

ともにある年末

師走に入り、世間にも自身にも、独特の空気と気分が日ごとに高まり満ちてゆく。そわそわと逸る心の後を、あたふたと身体が追いかける。

『芥川龍之介全集6』（ちくま文庫）は、芥川龍之介の後期作品二十七編を収録する。「海のほとり」「悠々荘」「蜃気楼」「歯車」など、全八冊の全集の中でもとりわけ読み返す作品が多く、「年末の一日」もその一つ。夢の描写から始まるこの短編は、新年号の仕事を夜明け前に片づけた〈僕〉が、昼時に目をさまし、その後訪ねてきたK君と一緒に〈夏目先生のお墓〉へ参るなどして過ごす年末の一日を描く。押し詰まった時期の空気と心境が、原稿用紙八枚ほどの中に淡淡と綴られ、しんしんと迫り張り詰める緊張感と〈妙な興奮〉を漂わせる。かたちや程度は違えど、誰もがそうして何でもないようで特別な一日一日をどうにか生きている。作者の当時の苦悩や心身の状態などを抜きにしてはもはや読み得ないが、今はこれまで意識できなかったことにも気づかされる。

志賀直哉の短編集『小僧の神様・城の崎にて』（新潮文庫）には、正月号の締切を翌日に控えた小説家とその友人〈私〉が、空っ風の吹く日暮の往来を歩くひとときを描く「冬の往来」がある。また、年の暮に弟を連れて小田原へ買物に出掛けた男児がさまざまな思いを去来させつつ家路を辿る姿を映し出す名作「真鶴」は、読み返す度に清新で懐かしく、胸の底に火が灯る。

塚本邦雄著『珠玉百歌仙』(講談社文芸文庫)は、斉明天皇から森鷗外まで、約千三百年の間に生まれた名歌百十二首を収める詞華集。

〈柴の戸に落ちとまりたる樫の實のひとりもの思ふ年の暮かな〉大田垣蓮月《おほたがきれんげつ》

柔らかくも凛とした、滋味と哀感が滲み澄む歌が、暮れの片隅にある身にも、静かに響き、内省を誘う。

それぞれにあり、ともにある年末の一日。大事に過ごす。

六、民俗

未知の世界への案内書

人はいつどんな出会いによって、新しい世界をひろげていくかわからない。日々は、そんな期待と緊張に満ちている。

私自身が伝統芸能に興味をいだくようになったきっかけを振り返れば、もともと傀儡《くぐつ》や門付《かどづけ》、説経節や辻芸などといった中世の芸能や芸能民に関心があったところにいきあたるが、ではなぜそもそも中世の芸能に関心を持ったのかとさらにさかのぼろうとすると、その先は果てもきりもない。人の胸に湧き起こる関心事は、さまざまなときところで、おりにふれ、ものにふれるごとに、火花を放って飛び火して、稲妻のように身体の中をじぐざぐに駆けまわっては、行く先々で、あらたに道を分けたりつなげたりして、無尽にひろがりながら進んでいく。

そういった興味関心のつながり方は、芸能の発生や変遷の経緯とも、どこか通じるところがあるかもしれない。事実、現在にまで継承されている伝統芸能の数々は、これまでの歴史の中で、相互に影響し合い、ときに派生や融合を繰り返しながら、それぞれの発展を遂げて、今日に至る。

週刊朝日百科『週刊　人間国宝』シリーズは、文化や芸能、芸術や工芸など、さまざまな分野における人間国宝の紹介を通じて、それぞれの世界の状況や歴史、またその魅力について、専門家によるやさしく丁寧な解説と、豊富な写真資料やくわしい年表、図説などを駆使した構成によって、初心者にもわかりやすく伝えながら、未知の世界とも引き合わせてくれる。本シリーズが案内するのは、読者自身がこれまでに関心をいだいていた世界や人物ばかりとはかぎらない。手にする号によっては、自分でも思いがけない出会いや発見につながる入り口となる。『週刊　人間国宝』47号における、女流義太夫などの浄瑠璃についての竹内道敬氏の解説によると、日本音楽のほとんどが声楽曲であり、語り物音楽と歌い物音楽に分けられるという。前者には義太夫節、一中節、河東節、宮薗節、常磐津節、清元節、新内節などがあり、これらの起源は、平曲や琵琶曲に求められるらしい。中世末期に作られた、牛若丸と浄瑠璃姫の恋物語を、はじめは盲目の女性たちが扇拍子（扇で拍子をとる）で語って歩いたのが、やがて三味線と結びつき、江戸初期には庶民に好評を得たところから、三味線を伴奏にして物語るものを、「浄瑠璃」というようになったという。

女流義太夫については、かつての娘義太夫の隆盛に関する興味から、いつか実際に聴いてみたい、と長らく関心を寄せていながら、つい最近になるまでその機会を持たなかった。興味はありながら、実際にはまだ何も知らない、といった状況は、私にかぎらず、一般によくあることかもしれない。対象を知りたくとも、なかなか接点を持ちづらく、いまだ触れる機会やきっかけに恵まれないという場合は、意外と少なくないだろう。

良質な専門書であると同時に、頼もしい入門書としても楽しめる本シリーズの最大の魅力は、やはり何と言っても、人間国宝そのひとが語る、芸についての生のことばを聞くことができるところにあるだろう。芸とわざとを究めた名人・匠が語る信条や哲学は、どの世界で生きる人間にも通じる箴言や格言ともきこえ、胸にまっすぐに届く感銘と助言とを与えてくれる。

「伝統芸能」は、その発生や源を辿れば古くまでさかのぼることができるが、長い時代伝えられ、演じられてきた場は、常に〝今〟という「現在」である。どの時代にも、その時代における〝今〟があり、「現在」があった。こんにち、「伝統」の二文字を冠せられる歴史ある芸能も、発生したときには新しい芸能であり、新たな一派であったはずである。そのことに思いを致しながら舞台を鑑賞するとき、「伝統」の名を背負った重みのある芸の内に、その時代ごとに芸能がはらんできた、清新かつ鋭気みなぎる空気を、なつかしいものと同時に感じる。

芸能、工芸を問わず、ある時代に興り、送り手と受け手とのあいだで大切に受け継がれてきたものは、時代時代で必要な変遷を辿りつつ、常に新しい試みや新作を生み出しながら、その芸を大事に育んできた。「伝統」は、常に時代と組み合い、〝今〟と格闘してきたものだろう。そうやって〝今〟という時代を担う名人が生みだすわざや作品を、同時代に生きる者として享受できることの有り難みと至福とを、本シリーズはあらためて気づかせてくれる。

劇場で、太棹や琴の弦が、最初の一音を奏でるのを聴いたとき、自分自身のあずかり知らぬところで、身体の奥に澱《おり》となって積もっていたらしい何かが、ふっとかきまわされたように泳ぎだす。それは、自分という一個の身体が、すなわち一個の伝統であるのだと気づく瞬間でもある。遠くて近い、近くて遠いところから響いてくる声や音のふるえが胸に直《じか》に伝わるひととき、頭ではなく身体そのものが、「伝統」について思いを馳せる。

篝火の宵

秋の日は釣瓶落とし。

一日中窓辺にいても、差し込む陽の光で読み書きができる時間の長さは、日ごと短くなっていく。

今日も日が暮れる。惜しみながら、諦めながらも、感謝をしつつ、カーテンを引く。

残りの陽までを遮ると、部屋はにわかに暗闇となる。一連の動きで、すばやく壁のスイッチを入れ、電気を灯す。

蛍光灯の明るすぎる光には、いつまで経ってもなじみきれない。しかし、その灯りに頼らなければ何もできないことがわかっているからこそ、慕う気持ちと、相容れなさとが、入り交じって渦を巻く。

まれに、気が向いたときにだけ、豆ランプの火を灯す。

わずかずつ壺へ油を注ぎ足し、そこへ浸した灯心の繰り出し方によって、火の大きさを調節する。長くすれば火はより大きくなり、短くすれば、小さくなる。火の大小にともなって、部屋には光と影とが、拡がり、縮まる。昔の書生などは、こんな灯りで勉強をしていたのか――と、小さく切りつめた火の中で思いをめぐらしながら、部屋の四隅にとどまる闇へ目を凝らす。

生きた火の熱。その灯り。そこには集中と拡散が、同時に宿る。ランプの灯に本やノートを近づけ、ようやく照らし出された見開き頁の周辺は、闇である。灯火は、その下で明るむわずかな範囲にのみ意識を注がせる。一方で、静かにうごめく炎の息づかいは、それ自身への意識も決して断ち切らせない。落ち着かせるようでいて、緊張させる。気遣わせるようでいて、忘れさせる。相反するそれらの作用を、ふたつながら備え、こちらに及ぼす。われ知らずひとたびため息を吐けば、炎は揺らめき、光と影をも揺り動かす。その翳りの中にいて、私は過日観た篝火の情景を思い返す。

日の落ちた武蔵野。

今年で二十二回目を迎えるという、長年土地に続く恒例行事の薪能《たきぎのう》は、いつか桜の時期に通り抜けたことがあるだけの、町中にある禅寺の境内にて行われた。山門をくぐるのは、その夜が二度目のことであった。

境内には、能舞台が設えられ、それと向かい合わせにパイプ椅子がきれいに並べられて、客席が整えられていた。着いたときにはすでにその半分ほどが埋まっていた。入口には〈満員御礼〉の札。能舞台の四方には、提灯をくくりつけた笹竹が立てられていた。

当夜の演目は、仕舞「敦盛」「羽衣」「松山鏡」、舞囃子「菊慈童」、狂言「棒しばり」、能

「花筐」であった。

開演前から、暗がりにひそむ秋の虫が、やむことなしに鳴き続けていた。夜の底を埋めつくすようなその声に、寺のすぐそばの大通りをゆくらしいトラックの音が、ときおりかすかに覆いかぶさる。仕舞が終わったのちには、舞台の両脇に据えられた篝に火が入れられた。炎が燃え上がるとともに、薪の爆ぜるぱちぱちという音が夜に加わり、さらなる重奏を聞かせはじめた。

続く舞囃子では、謡に囃子が入り、仕舞と同じくシテ一人によって、紋付袴姿で、能の一部が舞われた。私は幾重にも重なり合うさまざまな音へ降るような謡と囃子を耳にしながら、舞台での舞へ近付くように次々と舞い上がってはその手前でふっと途切れて闇空へと消え入る蛍に似た篝の火の粉や、雲のごとき白い煙を見つめていた。そして、シテの持つ扇へしばしば目を遣っては、かつて自分が踊りの稽古に用いていた扇子の模様を思い起こしていた。それはとくべつ辿り着くところのない想念であり、ふらふらと脳裡に立ちのぼっては、やはり煙のように掻き消えた。

川端康成の『山の音』(岩波文庫)をふたたびひらいたのは、その夜の連想からではなかった。意識の上では、それとは何の関連もなく、たまたま取り出してぱらぱらとめくっていたに過ぎなかった。事実、めくっているうちに、そういえば、と気がついて、思いがけない連なりに、自分自身で驚いた。

かつてこの作品を読んでから、後々まで強く印象に残っていた場面は、主に三つあった。

ひとつは、主人公の尾形信吾が山の音を聞く場面であった。私は作中の光景に、おのずと自分自身の実家の前にひろがる山の景色と、その山からきこえてきそうな音を、点滅させるように重ねてもいた。

もうひとつは、信吾が息子の嫁の菊子に、〈頭だけ洗濯か修繕かに出せんものかしらと考えたんだよ。〉と語る場面であった。〈頭をちょっと胴からはずして、洗濯ものみたいに、はい、これを頼みますと言って、大学病院へでも預けられんものかね。病院で脳を洗ったり、悪いところを修繕したりしているあいだ、三日でも一週間でも、胴はぐっすり寝てるのさ。寝返りもしないで、夢も見ないでね。〉という彼の思考、感覚に、私は大いに共感し、以降しばしばそれを実感として、身の内に湧かせていた。

そしてもうひとつが、能面にまつわる場面であった。

〈面箱は二つあった。鈴本は袋から面を出して、

「これが、慈童《じどう》、こちらが喝食《かつしき》と言うんだそうだ。両方とも子供だ。」

「これが子供?」

(中略)

面を伏目にうつ向かせるのを曇らすと言って、表情が憂愁を帯び、上目《うわめ》に仰向《あおむ》かせるのを照らすと言って、表情が明朗に見えるなどと、鈴本は説明した。左右に動かすのは、使うと

か切るとか言うそうだ。〉

〈慈童〉は、能の「菊慈童」に用いられる面である。あの宵の「菊慈童」は舞囃子であったから、それが用いられることはなかった。しかしあの後奇妙に『山の音』をひらいた私は、その中に〈慈童〉を観ることとなった。

〈菊子は慈童の面を顔にあてた。

「この紐《ひも》をうしろで結ぶんですの？」

面の目の奥から、菊子の瞳が信吾を見つめているにちがいない。

「動かさなくちゃ、表情が出ないよ。」

（中略）

艶《なま》めかしい少年の面をつけた顔を、菊子がいろいろに動かすのを、信吾は見ていられなかった。〉

あの晩、舞囃子の途中から少し風が出て、舞台の上に枝葉を繁らす欅の大木から、シテのもとへと枯葉がひとひら舞い落ちた。わずかずつ肌寒さを増していく夜の境内に、やがて雨が降り出した。しかし私がそれに気付くまでには時間がかかった。脇へ目を遣ると、照明に雨脚が照らし出されていた。それでも私のところへ雨粒はほとんど落ちなかった。

見上げると、頭上には背後の大木から伸びた枝が、その葉を繁らせて厚い廂《ひさし》をつくってくれていた。重なり合う見事な枝葉は、闇空へ影絵となって浮かんでいた。

民話を通して綴る心の歳時記

辺見じゅん著『花子のくにの歳時記』(ハルキ文庫)は、四季折々の自然や歳月を映す民話と、「今」を生きる著者の心情とが絡み合う、あたたかく切ない三十五編を収めるエッセイ集。

食わず女房や川原坊主など、各地に伝わる話とともに、身近な出来事、そして故郷富山の風習や家族との記憶を織り交ぜて綴られる。国内のみならず、ポーランドや中国、東シナ海へとさまざまな土地や人々を訪れる著者は、失われゆく民話や民俗の現在を、慈しみ深い目で見つめていく。

民話は、たとえそれがどんなに非現実的なものに見えようと、人々の暮らしの現実、実生活の中から生まれてきたものであり、それだけにひどくなまなましく、重く、受け止めることがつらいような側面をも持つ。しかしそういったものの中にこそ、今なお人生の宝やヒントともなり得る大事な要素が詰まっていることを、本書はあらためて気づかせてくれる。

著者を突き動かしているのは、ただやみくもに民話や民俗を失うまいとする焦りではなく、かつて、そしてこれまで、確かにそれらを拠り所にして生き、生かされてきた人間の生活の叡智や心のあり方そのものを見つめ直し、見つめ続けていくことの重要性を思う気持ちと使命感であるだろう。そう感じながら私もまた、自身の内にある懐かしくも厳しい、焦がれるような感覚を呼び起こされている。

著者がこのように果たしてこられた大切な仕事とその精神を、今後は誰がどう受け継いでいけばよいのか。著者の代わりは誰にもできない。そうはっきり結論づけようとする自分の心に、「しっかりしてね。」と懐かしい著者の声が聞こえてくる気がするのは、きっと私だけではないだろう。

日本の民俗を記録する

書店の新刊書棚にこれらの本を見つけたとき、思わず「はっ！」と声が洩れた。芳賀日出男著『日本の民俗　祭りと芸能』と『日本の民俗　暮らしと生業《なりわい》』（ともに角川ソフィア文庫）。平成九年（一九九七）にクレオから『日本の民俗』上下巻（副題はそれぞれ変わらず）として刊行されていた名著の文庫版である。日本のみならず世界各地の民俗・民族の祭事や芸能、伝統や習俗を取材してきた写真家による、貴重な民俗写真集。本書には、昭和二十七年（一九五二）から平成八年（一九九六）までの日本人の暮らしを民俗学的視点で捉えた記録写真と文章が収められる。

日本の風土や時代の移り変わりとともにある各地の年中行事や郷土芸能、農村や漁村の生活、巫女《みこ》や人形まわし、木地師や染織や酒造りなどさまざまな生業と、そのなかで、万物に神や精霊、鬼や祖霊を感じながら暮らす人びとのハレとケのありようが、穏やかで生き生きとしたモノクロ写真に映し出される。正月や盆、あるいは一年を通じて行われる稲作の過程にまつわる各行事だけでも、全国には多様なものがある。田の神を丁重に家に迎えてもてなしたり、道具や案山子《かかし》を休ませ供え物をして労をねぎらったり。それだけ濃やかに心身を働かせてきた人間のひたむきさ、謙虚さ、逞《たくま》しさに教えられ、胸打たれる。けっして綺麗事では済まされないはずの人びとの切なる願いや祈りの姿を、冷静にも温かいまなざしで見つめた著者の写真に写るものの清らかさが、人間の存在とその営みを、愛おしくゆかしくてたまらないものにさせる。

かつて初めてこの写真集に触れた時に生じた激しい高揚感と感動を今も忘れていないことに喜びと安堵を覚えつつページをめくった。伝承と消滅とその先に新生するものを見届ける目は今後も必要だろう。心の熾火が掻き起こされ、新たに燃えだすのを感じている。

波間の光景

はじめて海に入ったのは、一歳になる少し前のことだった。といっても、「そのとき私は一歳になる少し前で――」などと自分自身ではっきり語れるように記憶しているわけではない。その日の海水浴については、写真はなく、誰かがどこかに記録しているのでもない。海へは家族や親戚とともに行ったらしいが、そうしたことを含め、私は折にふれて母からきいた話をもとに、そのように認識している、ということになる。言うなれば、その出来事や事実は、母からの口伝えによって、私のうちに保存され、存在している。その話は主に、私が当時から水を恐れず、のちに水泳が好きになった、ということに連なるエピソードの一つとして位置づけられる。当事者以外には何の意味も関係もないようなものながら、こうしたささやかな事象は、世の片隅で、今もひっそりと漂っている。

このことを思い返すとき、私には、おそらくそのとき見た、あるいは体感したものと思われる光景が、繰り返し頭に浮かぶ。母だろうか、誰かにつかまえてもらっているのか、私はある程度沖に向かう波間で泳ぐようにして手足を動かしている。周囲には、同行した身内らのほか、見知らぬ海水浴客らの姿も点在する。沖へ向かって左手には、海水浴場を一区切りするかのように、少しはなれたところに岩壁らしいものが幾らか続き、その手前には岩場のようなものもある。輪郭やコントラストが妙にくっきりしているようでいて、どこか夢のような雰囲気もあるこの光景を、「記憶」と呼んでよいものかどうかわからない。親戚が当時住んでいた地に近いその海に入ったのは、おそらくそのときだけで、のちにしばしば連れて行ってもらったのはべつの地の海水浴場であったから、こうして思い浮かべているのは、何度も行ってよく覚えている場所ではなく、ある意味知らない、なじみのない景色である。のちの見聞をもとに、あとから作り上げたものではないはずだと考えるが、しかしこれは母からきいた話をもとに、私が自然とイメージして、あたかも記憶であるかのように定着したものなのだろうか。いずれにしても、それは今から四十年以上前のとある一日の出来事にまつわるものであり、母の記憶と私が持つイメージを、互いに目の前に出し合って相違を比べ、検証することはできない。

これらについてあらためて思いめぐらすうちに、ふと、伝承や伝説、言い伝え、のようなものの発生のしくみ、成り立ちは、例えばこうしたものでもあったのではないか、と思い至った。一口に伝承といっても、伝承文学や、口承文芸、などと呼ばれるものにまでなるような、長年語り継がれて公にしっかりと残るものばかりではないはずだ。時代時代、その土地土地で、一部の地縁や血縁、知人や友人、また家庭や学校や会社といった数多の場や集団やつながりにおいて、公私や事の大小を問わず、あるとき何らかの出来事や事実といった種が生じ、それが時や人のあいだを経るなかで、さまざまな記憶や連想や価値などが加わりまた差し引かれて変化しながら、やがてある像を結び意味をはらみ、一定の時期と区域にて、それ自体がまるで一つの生きものであるかのように存在しうごめいて、いつしかはかなく消え去っていったものも、これまでにはおびただしくあり、これからも生まれてゆく可能性があるのではないか。言うまでもなく、「記憶」と「事実」とは、イコールで結ばれるものとは限らない。「記憶」と「事実」とが相反することや、食い違う場合は往往にしてあり、それらを突き合わせて確認したり、擦り合わせをすることが充分にはできないこともある。とくに日常生活においては、そこまでする必要がないために、打ち遣られてしまうことも多いだろう。「事実」の記憶や記録、伝達と保存、といったものと、「真実」にまつわる伝承、言い伝え、といったものは、必ずしも同じ姿かたちをとるわけではない。現実や事実を踏まえ、それに基づきまたそこに含まれる「真実」という名の「フィクション」、あるいは「フィクション」と呼ばれるかたちであらわれる「真実」もある。自分が日頃、詩や小説というかたちで関わり取り組んでいるのは、こうした伝承の一種につながることであるのかもしれない。広く不確かながら懐かしい、記憶と意識のまざる時の波間を漂ううちに、そんなことに気がついた。

見守り続ける厳しい書

柳田國男著『遠野物語』は、それについて考えようとすればするほど、遠くなる。近づこうとすればするほど、遠退いていく。近づいたり遠退いたりするのは、ただこちらの心の動きであって、『遠野物語』は、不動である。だからこそ、この書にあたれば、その都度、自分の変化の具合がわかる。自分にとっては、ひとつの目安とも言えるものだろうか。変化があるかないか。あったとしたら、どのように、どれくらいか――。何度ぶつかっても、相手はびくともしない。こちらは常に動揺する。しかしそのたびに、わずかにでも、以前とは違う微妙な変化が起こっている――。そんなことを期待しながら、折に触れ、幾度もひらいてきた書物だ。

『遠野物語』に最初に触れたのは、十代のときに読んだ、吉本隆明の『共同幻想論』(角川文庫)を通してだった。そこで論じられていることを当時どこまで理解できていたかはべつとして、とにかくつよい衝撃を受けた。今思えば、本書を通じて触れた『遠野物語』の印象が、長く私のなかに刻み込まれたというのは、間違いないことだろう。もちろん、それにばかりとらわれていたわけではない。だが実際、十代の頃に受けた印象のつよさというものは、侮《あなど》れないものなのだと今は気づく。書棚の奥から『共同幻想論』を久しぶりに取り出しひらくと、当時私が得も言われぬおそろしさを感じた話はこれであったと確認できた。『遠野物語』第一〇話。これが『共同幻想論』の「憑人論」の中で、〈予兆〉譚のひとつとして例に挙げられていた。

〈或る男が奥山に入って茸を採るため、小屋掛けをして住んでいたが、深夜に遠い処で女の叫び声がした。里へ帰ってみると同じ夜の同じ時刻に自分の妹がその息子に殺されていた。〉

そこに幾つか例として挙げられた話の中で、これが最も印象深かった。吉本氏の論考はこう綴られる。

〈ここで一様にあらわれるのは、せまくそしてつよい村落共同体のなかでの関係意識の問題である。共同性の意識といいかえてもよい。村落のなかに起っている事情は、嫁と姑のいさかいから、他人の家のかまどの奥まで、村民にとってはじぶんを知るように知られている。そういうところでは、個々の村民の〈幻想〉は共同性としてしか疎外されない。個々の幻想は共同性の幻想に〈憑く〉のである。〉

この本を読んだ当時、私の心の中では、これはただ事ではない、ということを示す赤いランプが点滅し、何やらけたたましい警報音のようなものが鳴り響いていたように思い返される。のちに自覚することになった、民俗学、民俗学的なもの・ことへの関心は、この頃にはすでに、自身の内には萌芽があったものと振り返るが、まだ自覚はなく、まったく言語化されてもいなかった。

実際に『遠野物語』のテキストにあたったのは、大学時代であっただろうか。先入観がつよかったはずだが、思い切ってはじめてこの書をひらいたときは、何か読んではいけないものを読んでしまったような思いがして、愕然とした。とくに関心のあった神隠しや河童の話には、予想外のなまなましさを覚え、震え上がった。これは妖怪話でも伝説でも昔話でもない、人の世のむごい現実そのものなのだ、と強烈に感じた。その後、民俗学への興味関心を自覚するようになってからも、柳田國男の他の著作にはふれつつも、『遠野物語』は、何となく、避け続けていた。それは、論文ではない生《なま》の書としての個性のつよさに、どうにも太刀打ちできなかったからかもしれない。あからさまなまでの、なまなましさに満ちたこの書を、心のどこかで、労《いたわ》しく、痛ましく、厭《いと》わしく、くるしいように、感じていた。この書に書かれているのは、幻想譚や、奇譚、お伽話の類などではけっしてない。すべて〈現実〉の、〈人間のこと〉だった。人間の〈心意〉というものが、あまりにも剝き出しに、生のままありありと、むごたらしいほどに、あらわれている――。

とはいえいつまでも逃げ続けているわけにもいかず、必要に応じて『遠野物語』を読むようになってからも、読めば読むほどに、くるしさはいや増して、消えることがなかった。それは裏を返せば、この書のつよさ、しぶとさ、つよい底力のあらわれでもあるのだった。そうやすやすと、人の心に添うように馴染み、やわらぎ、薄まっていくようなものではない。そして、かえってそこにこそ、この書の大いなる価値や真価が感じられる。本書に記された遠野の話は、その地独特の、固有の内容をはらみ、示しつつも、同時に、その風土や気候、地形や景色も異なる他県の山間の地で生まれ育った私のような者にさえも、他の地域に伝わる話を採録した余所事であるとは割り切って読むことのできない普遍性を感じさせ、身につまされるような現実味、鮮烈なリアリティーを以て、襲うように迫ってくるのだった。

『遠野物語』に書かれていることに、不思議なことはひとつもない。すべて、人間の心の模様、そのありさまが、写し出されたものとして、理解し得る。だからこそ、この書に向かうときの、向き合うときの、自分の心は重く、くるしいものとなる。人間の心意というもの、それが起こす現象が、こちらの心の急所へ、ぐっと入り込み、それ以上何も言えなくしてしまう。採集された話は、生の素材をまるごとごろりと差し出す、というのとは一線を画していながら、伝説や昔話、おとぎ話のような加工や虚構化がほどこされていないかたちで、そのままに記されている。かといって、単なる事実を無味乾燥な文章で書き留めたものでもない。本書に関してつくづく奇妙だと感じるのは、ほかの書にはないこの「バランス」である。初版序文にあるように、〈すべて遠野の人佐々木鏡石君より聞きたる〉話を、〈自分もまた一字一句をも加減せず感じたるままを書きたり〉とした、柳田國男の誠実な取り組みと、その特別な筆致と文体、編集。それらを以て綴り上げられたものであるからこそ、この説明のしがたい奇妙な様相と力が発揮され、すでに百年以上もの長い時を経てなお生き続けているのであろう。

柳田國男が三十代半ばで自費出版したこの書の「初版序文」には、胸を打たれる。遠野の地を訪れた際の印象、風景描写をおこなう文章は、格調高く、うつくしく、情趣と人の心、そしてつよい志が感じられる。

〈思ふにこの類の書物は少なくも現代の流行にあらず。いかに印刷が容易なればとて、こんな本を出版し自己の狭隘なる趣味をもちて他人に強ひんとするは、無作法の仕業なりといふ人あらん。されどあへて答ふ。かかる話を聞きかかる処を見て来て後、これを人に語りたがらざる者はたしてありや。（中略）要するにこの書は現在の事実なり。単にこれのみをもつてするも立派なる存在理由ありと信ず。（中略）今の事業多き時代に生まれながら、問題の大小をもわきまへず、その力を用ゐる所当を失へりと言ふ人あらば如何。（中略）この責任のみは自分が負はねばならぬなり。〉

本書は「過去の書」ではなく、否それにとどまらず、それを超越した力と内容を保ち、今も一層の存在感を示し続けている。

人間の心とその働き、すなわち心意というものに、いとおしさやいとわしさ、清と濁、美と醜、強さと弱さ……そういったさまざまな面や要素を同時に見ながら、なおも、くるおしいほどに懐かしく、切なく、焦がれるような思いとともに、ゆかしく、さびしく感じ入る。人は、どのようにしても、人の心から逃れることはできない。自分の中心にも、身の外にも、心はあたりに満ち満ちて、いつの世も、人はその中を動きまわり、めぐりめぐって、さまよい続けている。よくもわるくも、それが人の営みであり、またさらにはそれが世を動かしている。森羅万象、その流れや営みにともない、反応・呼応し、単純にも複雑にも作用し合って、人の心身は古来よりさまざまな現象や事件、出来事や光景を自他に見せ、もたらし続けてきた。そのことを、その事実を、現実を、本書はありありと突き付け、見せつける。目をそむけたくもなるが、『遠野物語』は、けっしてそうはさせない。このつよさと重みときびしさ、深さと厚みを持った書であるからこそ、今もこうしてはかり知れない力で、人間の心に訴え、働きかけ続けているのだろう。

この書が生まれたこと。そして長い時間をかけてこの書が伝えてきたこと。それによって伝わったことの意味や意義はどこにあるのか――。そんなことにも思いが及ぶ。

記録とは一体何だろうか。記録と伝承。そして記憶――。私自身も、物を書くという作業の中で、〈記録〉ということを意識しないことはない。記録は大事だ、必要だ。そう考えつつも、しかし、記録してよいこと、記録したいこと、記録するのが憚られること、記録されたくないこと、させたくないこと……などといった、記録する側／される側におけるさまざまな立場や要素にぶつかりもする。そういった葛藤を、記録者はどうやって、どのような考えや意志のもとに克服、納得し、記録を遂行していけばよいのか。また一方で、記録される側の葛藤や苦しみ、反発や幸い……などについては、どのように考え、気遣い、折り合いをつけ、均衡を取ってゆけばよいものなのか。あるいは、それら両者の望みや利益が等しく両立することなど、そもそもあり得ないことなのだろうか――。そういった中でも、最良の道を選び、見出したい。

そんな思いを抱えて、今も悩み迷い続けている。

どれだけ考えても、いまだに答えを出せないでいる問題、課題が、依然として宿題のように眼前にあり続けていることまでも、『遠野物語』はその都度私に意識させる。書物は一人で生まれ、一人で伝えられていくものではない。この書が、それを読んだ一人一人に抱かせる思いは、誰がどのような思いと尽力と犠牲のもとに送り届け、それぞれの胸にひらかせたものであるのか。そのことにも思いを致すとき、本書の背後に、夥しい人びとの無念や悲しみ、ささやかな喜びやいのちの輝きと翳りが見える気がする。『遠野物語』は、毅然とした姿と態度を示しながら、後世の者一人一人に、志の持ち方、心の用い方、そのあり方を考えさせ、厳しく厚く見守り続けているように思える。

縄文時代のかおり

風が吹いて、木の葉がいっせいにざわめいた。

十一月の末だった。東京都埋蔵文化財センターを訪れ、隣接する遺跡庭園「縄文の村」に足を踏み入れた。数年前のことだ。

幾種類もの落ち葉がいっぱいに敷き詰められた地面には、あたりを取り囲む木木と、自分の影が落ちて長くのびた。奥へとすすむと、前方に一棟の竪穴住居がすぐに見えた。近くに建てられた看板を読む。

〈多摩ニュータウンNo.57遺跡は、縄文時代前期前半と中期後半の集落遺跡です。昭和四五年に行なわれた発掘調査によって、縄文時代前期前半の竪穴住居跡が二軒、中期後半の竪穴住居跡が八軒確認されました。このなかには中期末のいわゆる敷石住居が三軒含まれていました。また縄文時代早期の、獣の捕獲に利用されたと考えられる陥し穴も検出されています。発見された住居は一〇軒ですが、同時期に存在した住居は二〜三軒であったことが出土資料の検討から判明しています。なお丘陵先端部からは旧石器時代に属する石器類も出土しています。

現在遺跡には、縄文時代前期前半と中期後半の竪穴住居が各一軒復元され、中期末の敷石住居も一軒移設されています。これらの復元住居の周囲には、当時の多摩丘陵に生育していたと考えられる樹木が多数復元植栽されています。

　平成二二年三月　建設

　　　　　　　　　　　　　　　　　東京都教育委員会〉

　復元された三棟の住居内では、日替わりで週に何日か、火焚きが行われている。わたしはその日、火焚きが行われる予定であることを、事前に調べた上でそこを訪れていた。火焚きのスケジュールは、東京都埋蔵文化財センターのホームページに記されている。この日、どの住居で火焚きが行われるのかはわからなかった。しかし、どれであってもかまわない。竪穴住居内でどのようにして火が焚かれていたのか、仮に当時のままが再現されるのではないとしても、それがおおよそどのようなものであったのか、見て体感してみたかった。

　最初の一棟は、縄文時代中期終末（約四二〇〇年前）の敷石住居だった。その頃、関東地方を中心に、床に平らな石を敷き詰める住居が広く流行したのだと、そばに立つ説明板に書かれている。

「ごめんください。」

　なかには誰もいない。円形の床には大きめのタイルのように石が敷き詰められていて、真ん中に、四角く炉が切られている。火は焚かれていないが、それを取り囲むようにして、床には丸太を切って椅子にしたものが並べてある。そのうちのひとつに腰掛け、壁や天井を見上げる。

薄暗いが、おもてから差し込む光がほのかに内部を照らす。床面積は約七㎡らしい。ここで何人暮らしたのだろう。一人か二人、あるいは若い夫婦と幼子あたりだろうか。狭くとも構えはしっかりした一軒家だ。もとより床以外の上部構造は、はっきりわかっているものではないらしいが。

「お邪魔しました。」

そこを辞して次に訪ねたのは、縄文時代中期後半（約四五〇〇年前）の竪穴住居だった。

〈この住居は5・3m×4・8mの大きさでやや楕円《だえん》形をしております。入口部には、死産した新生児などを葬ったと考えられる土器が埋《う》められていました。〉

「失礼します――。」

自ずと足元を意識しつつ、頭を下げて、なかへ入る。一軒目よりは幾分広い。固く踏み締められた床の真ん中が少しくぼんでいる。そこが炉であるらしい。誰もおらず、火は焚かれていない。この家の人がみな出払ったひとときのようにしんとしている。誰かがここに棲んでいた当時、このように戸口を開け放ったまま家を空けることもあったのだろうか。待っていたら、ふいに誰かが帰ってきそうだ。このように留守にしても、問題のないのんびりした空気が流れていたのか、それとも、こんなことはまずあり得ない、いつどんな外敵や獣などに狙われるかわからない、緊張と警戒に満ちた日日だったのだろうか。炉の火はいつもどう管理していたのだろう。出掛けるときにはこんなふうにすっかり消してしまっていたのか。燠火や火種のようなものは保っていたのだろうか。煮炊きはどこでしていたのだろう。燃料の補給や使い分けはどのようにしていたのだろう。

〈昔の人の感覚では、火にはきれいな清い火と、けがれたきたない火とのあることを認めておりました。ご飯は神さまにも先祖さまにも上げるものですから、かまどには安心のできるようなたきぎでないと、たいてならぬものにしていまして、燃料の選択ということがやかましかったのです。〉(柳田国男「燃料の将来」『火の昔』角川ソフィア文庫)

これは〈かまど〉とあり、時代も幾分下った話になるだろうから、縄文時代の感覚に当てはまることかどうかわからない。しかし、のちの時代の人がそのように感じていたということなら、その意識や文化の起源はさらに遡った時代にあるかもしれず、この家に暮らした彼らもまた、一段と研ぎ澄まされた感覚をもって火を取り扱っていたのかもしれない。燃料のことばかりでなく、火にかかる全般に対し、彼らはどのように向き合っていたのだろう。謎の多い土器や土偶、土版の類について思いを馳せるときにも、それらと火との関わりは切り離すことができない。また日常生活における、たとえば食事や暖を取ることにしても、その際の火や土器の取り扱いは、ことごとく、あるいは少なからず呪力や呪具を用いて行う呪術のような性質をはらんでいたのではなかったか。森羅万象のなかで、宇宙や自然を肌で感じ、その厳しさや恵みを生身で受け取っていたであろう当時の暮らしにおいては、すべてのもの・こと、そして生死が、ある意味では今以上に、大きく深く、人びとの心に訴えかけ、その内部外部で強くはたらくものがあったのではないか。ことさらな儀式や祭祀のようなかたちや機会をとらないまでも、彼らには日日不断に意識され作用し続ける神妙な感覚、信仰心や世界観とも呼び得るものがあっただろう。とはいえ何事にもあまりに繊細すぎては、とても生きてはゆかれなかったはずだ。自然とともに生きる力強さと大らかさと濃やかさのバランスは、どういうものであったのか。

「失礼しました。」

私は無人の住居跡を辞し、最期の一棟へ向かった。傍らの説明板などによると、縄文時代前期（約六〇〇〇年前）の竪穴住居。それは発掘調査当時の位置に復元されたものらしい。やや台形に近い長方形をしたその住居の床面積は、約三〇㎡。入口に掛けられた、〈竪穴住居《たてあなじゅうきょ》〉を説明する札には、〈中央に火を焚いた炉があり、外敵の侵入を防ぐため入り口は狭くなっています。家の中には4～5人が住んでいたようです。〉とある。

「こんにちは。」

誰もいないが、炉に火が焚かれている。薪の火は新鮮でみずみずしく、ほどよくしずかに燃えていく。適度に加減の整えられた透き通るような火を間近で見るうち、身体はすぐに燻《いぶ》されてゆく。まるで不意打ちのように、そのことにはここへきてはじめて気づいた。ここで暮らすということは、この煙にまみれて寝起きするということでもあるのだった。外でいっとき焚火にあたるのとは違う。私は、自分が煤《すす》けていくのか、身体を燻蒸《くんじょう》され清められていくのか、どちらであるのかわからなくなった。煙は絶えず上がり、屋根の隙から外へ出ていく。かつてここで暮らした人たちも、こうして火を見つめ、煙を浴びていたのだろうか。私の髪や衣服にも、彼らがまとったのと同じであろうかおりが残った。薪にするのが同じ種類の木かまたは同様の木であれば、火や煙のにおいはその頃と変わらないのだろうか。

「ありがとうございました。」

顔も名前も知らない人たちが棲んでいたはずの住居跡を辞去して、空を見上げる。まぶしい。かれらもここから出たとき、同じような感覚を得ていたのだろうか。夜はきっと暗かっただろう。さびしい日も嬉しい日もあっただろう。そうしたところの実感や共感に糸口を見出さなければ、文字や言葉を介した理解や推測の叶わない縄文時代に思いを馳せることは難しい。日頃自分がいかに言葉や文字に頼って暮らしているかということを、こうしたところで思い知る。しかし、太陽も月も星も、彼らが私たちと同じものを見て、それらに照らされ恩恵を受け、畏れ敬いながら感謝して暮らしていたのだと思うと、今度は妙に、すぐ間近に彼らのすがたや気配が感じられるような気もしてくる。

縄文時代の景観をしのばせる五〇種類以上の草木にかこまれた敷地の一角で、広場に置かれた長椅子に腰掛け、昼過ぎの日を浴びる。うっすらと肌寒さも感じるが、風がおさまると、日ざしはあたたかく、おだやかだった。さまざまな鳥の声がきこえる。電車の音も。ここは駅からほど近い場所にあり、敷地の脇には高架が敷設されて、特急らしき列車も行き交う。すぐそばには高い鉄塔がそびえ、高圧線が幾本も伸びている。この地は大昔から、絶えず、あるいは断続的に、「ニュータウン」であったのだろう。近くに勤める人たちなのか、お昼休みを過ごしているらしい女性たちが三人、広場で言葉を交わしては、しずかに笑い合っている。向こうでは、作業服を着た男性が、黙黙と落ち葉を掃き集めている。今から数千年前の昼も、ここでこうした光景が繰り広げられていたのではないか。そんなふうにも思われてくる。ここは、縄文時代と現代の「今」が重なり交わる時空。どこであれ、過去と現在はともにある。それは現在と未来、過去と未来がともにあるということでもある。ここにこうした環境が整えられているのは、そうしたことに思いをめぐらせるためでもあるのだろう。

風が向こうから吹いて、あちらの木木から順番に木の葉を落としてこちらへきた。足元の近くを、大きい蟻があるいている。どこへ行くのか、広い地面をただ一匹、惑うような足取りで。火を焚いた住居の屋根の両端から煙が出ている。火の気のある家の息づかい。ついさきほど、私はあそこから出てきたのだ。ただいま、と帰っていきたいような気もする。

地面には、今度は少し小さい蟻もきた。脇目もふらず、まっしぐらにどこかへ突きすすむ。家路を急いでいるのだろうか。

少し寒くなってきた。私は長椅子から立ち上がり、火を焚く家のそばを過ぎ、落ち葉を踏んで「縄文の村」を出た。

髪や服には、そのあとも縄文時代のかおりが残った。

蘇る草双紙

かつて江戸と呼ばれた町をぶらりぶらりとそぞろに歩《あり》く。「春……」なぞと一人感慨に耽ったところに本を売る店。こんにちはぁ。おもしろい本あるかしらん？　しばし吟味。そして、「見つけた！」

その本の名は、『おこまの大冒険　～朧月猫の草紙～』（パイ インターナショナル）。鎌倉の鰹節《かつぶし》問屋「又たび屋粉右衛門」の飼い猫「こま」が、恋猫の「とら」と駆け落ちして波瀾万丈の生涯を送る姿を描く絵物語。江戸時代の戯作者・山東京山の文と、浮世絵師・歌川国芳の絵による草双紙『朧月《おぼろづき》猫の草紙《そうし》』全七編を、江戸時代絵画史を専門とする金子信久氏が、すぐれた現代語訳と懇切な解説によって、平成の時代に生き生きと蘇《よみがえ》らせた一冊。こまの数奇な運命を軸に、猫と人がともに世を生きるさまが、楽しく、愉快に、慈しみ深く描かれる。

嬉しいのが、味わい深い原文の魅力をカギカッコで引用して伝える工夫。「こりゃ、おこま、水でも食べないか」「御恩は忘れませぬわいにゃん」などの台詞《せりふ》や、猫たちが揉め事の後に集まって、「ちょっかい」（前足）で「さあ、一つ締めましょう」「しゃんしゃんしゃん」と手締めをする場面にはきゅんとする。原本の図版が実物大に近いかたちで収録されているから、くずし字で書かれた原文のまま読みたい人にはそれも可能。生気溢れる言葉と絵の弾力に解《ほぐ》されて、ふふっと洩れ出す声と一緒に身体から余計な力が抜け、頭の中が柔らかになる。新しい風が入る。

駆け落ち後のこまは、「今出川様」のお屋敷で「撫子姫《なでしこ》」に寵愛《ちょうあい》されたり、川に落ちて漁師の網にかかって命拾いしたり、病んだり敵討ちをしたり。起伏に富んだその展開は、天保改革にも影響を受けたものだという。「かわいい！」と言っているうちに、品と愛と洒落《しゃれ》気に満ちた豊かな本から、多くのことを学んでいた。

苦難の結晶

拝啓　新米の季節となりました。いかがお過ごしですか。

近頃、お米に関する本を読みました。甲斐信枝作・佐藤洋一郎監修の絵本『稲と日本人』（福音館書店）。日日食べているお米について、知っているようで知らなかったこと、意識しないでいたことなどを、あらためて教わり、気づかされました。〈お米は、水田で作る「水稲《すいとう》」という稲《いね》の種子《たね》です〉。二千数百年前から日本で行われているという稲作《いねづく》りについて、本書は簡潔にして豊かな言葉と、骨太で迫力と濃やかさをそなえた絵で、しずかに深くわかりやすく伝えてくれます。「野生稲《やせいいね》」という稲の祖先を、わたしたちの祖先が長い年月をかけ、苦労と工夫を重ねて、人間が食べやすい食べものの稲に作りかえて今日に至る。さまざまな種類が作られ捨てられてきたその歴史は〈たがいの生死をともにした果てしない苦難《くなん》の道のり〉。災害や異常気象によって度度引き起こされた飢饉《ききん》のおそろしさも記され、飽食の時代と言われる現代では忘れられがちな大切なことを喚起する。子どもだけでなく大人のための本でもあると感じます。〈稲《いね》とわたしたち日本人は、動物と植物というかけはなれた間柄《あいだがら》ではなく／生死をともにして生きぬいてきた、かけがえのない仲間同士という間柄《あいだがら》なのです〉。育てたお米がしっかりと収穫できることのありがたさが身に沁みます。

お米の恵みの一つに、日本酒がありますね。江澤香織著『酔い子の旅のしおり　酒＋つまみ＋うつわめぐり』（マイナビ）は、日本酒と肴、酒器をめぐる心ときめく旅のガイドブック。各地の酒処を訪れ、お酒にまつわる文化や歴史に触れてゆく真摯でゆるやかな足取りが楽しい。自分なりの旅にも出てみたくなります。

今あるお米もお酒も、先人たちから受け継がれてきたものの結晶。一粒一粒、一滴一滴に詰まったものを、これからを考えつつ大事に味わっていきたいと思います。

敬具

七、書評

暗がりを照らす灯

何でもない、当たり前の、普通の暮らし。あるいは、申し分ない、満ち足りた、理想の生活とは、いつ、どこに、だれにとってのそれとして、どのようなかたちであり得るのだろう。そもそもそうしたものが、一人一人の主観を超えた確固たるものとして存在し得るのかどうか。どの時代のどういった社会や人間のありようがよきものであり、どのときのいかなる状況があしきものであるか、またはあったか。現在はどうか。そしてこれからは。どのようであるのが望ましく、どうあってはならないのか――。多和田葉子著『献灯使』（講談社、二〇一四）は、これらをはじめさまざまなことをあらためて意識させ、考えさせる。

表題作を含む小説と戯曲が合わせて五編収録される。いずれも震災や原発事故をテーマまたはモチーフとし、現在の日本の状況に対する作者の問題意識を反映している。作者は独自の方法でそれらに果敢に切り込み、本書というひとつの特別な色合いと光量・熱量を持った灯によって、現代の日本社会が直面している諸問題の在り処とありようを照らし出してみせる。またそれと同じ灯、読者の心中にも潜んでいるはずのそれらへの問題意識や懸念までをも浮かび上がらせ、今の今、それぞれがしっかりと問うべき問いを引き出し、喚起する。

収録作のうち最も早い時期に発表された「不死の島」(二〇一二年)は、東日本大震災発生から間もない時期に書かれたものであり、ドイツ在住の作者の心の揺れを思わせる現実とフィクションが入り交じるかたちで、おそるべき事態がありありと描き出される。そのまがまがしさには目を背けたくもなるが、強い実感と想像力と危機感を以て状況を縦横に大胆に描き出す筆力は、切迫した事態に向き合う作者の姿勢と覚悟を示していると感じる。

「不死の島」をふまえて、のちに新たな視点や立ち位置を得て描かれたのが、表題作である。本作では、物語としてより虚構性の高い枠組みや設定が設けられているが、そこに丹念に描き出される日本社会のありようは、寓話的でありながらけっして絵空事とは言えぬものであり、ある種の予言性をはらんでいる。しかし、もちろんこれは、のちに予言を的中させるために書かれたのではなく、むしろこうした事態を現実とはしない・させないための、警鐘を鳴らす役目を帯びた作品であるという気がしてならない。

本作の舞台となるのは、近未来の日本。鎖国状態にあり、政府は民営化されている。危険とされる東京二十三区に人は住まなくなり、外来語は禁止され、インターネットがなくなった日は祝日となっている。作家の義郎は、百歳を超えてなお身体が丈夫で、死を奪われた状態にある。彼にかぎらず、老人はおしなべてそうであり、反対に、若者や子供たちは身体が弱く、病を得やすい。義郎の曽孫の無名は身体を思うように動かせず、自力では日常生活を送ることもままならない。義郎は無名の介護をしながら、ともに仮設住宅で避難生活を送っている。ひたすら無名を気遣い世話に奔走しつつ、義郎はこんなことを考える。〈もしかしたら無名たちは新しい文明を築いて残していってくれるかもしれない。（中略）これまで見てきた子供たちには全くなかった新種の知恵〉が無名には備わっているように見えると。

やがて十五歳になった無名は、小学校の時の担任・夜那谷に頼まれ、「献灯使」としてインドのマドラスをめざして密航する役目を負う。優秀な子供を海外へ送り出す極秘の民間プロジェクト。無名がそれに選ばれたのだった。一方、義郎には、かつて最初で最後の歴史小説として試みた「遣唐使」という題名の作品を、自ら公共の墓地に埋めた過去があった。外国の地名を多く使い過ぎたため、身の安全を守るためには処分するしかなかったのだった。日本に何があったのか。夜那谷は小学二年生の無名たちに、世界地図を見せてこのようにも教えていた。〈日本がこうなってしまったのは、地震や津波のせいじゃない。（中略）自然災害ではないんだ。いいか〉。

ここに描かれているのは、起きてはならない災いのために生じたひとつのディストピアだと言えようが、そうした状況に生きる者たちが、それぞれの越えがたき困難をも乗り越えようと懸命に生きるたくましさ、賢さ、真摯さそのものが、作中世界をほのかに照らす光となっている。たとえどのような状況下にあるとしても、人はそのときどきの知恵や心身の処しようによって、未来を切り開いてゆくものだ、そうしてゆかねばならぬのだという、作者が本作に込めた確信と祈りと願いが織り成す光の紋様のようにも見える。

また作中では、義郎と無名は、実際のところ確かに血縁であるかどうか、はっきりとはしない間柄であることが示される。肉親を献身的に介護し、看護しようと奮闘する姿が描き出されるばかりでなく、血のつながりを超えた者の未来や健康をも案じ、なおざりにできない人間の真心や、自然の一部としての本能のありようを伝えるものともなっている。

近未来の日本を舞台に描かれた作品であるとはいえ、ここで問われているのは今現在である。このようにあってはならないと切実に感じられる世界が、しかし著者の筆によって不思議な明るさやユーモアをはらむものとなり、物語と登場人物を前へ前へと推し進め、読者の考察にも新たな展開を促してゆく。

原子力発電所への飛行機墜落事故が発生したのちに、中国へ避難しようとする元参議院議員の男の顛末を描く「彼岸」では、船の甲板に立つ彼を描く文章が心に残る。〈瀬出は深緑色の海面を憎しみをこめて睨んだ。海には責任がないことは充分承知していた。責任をとらなくてもいい主体を人は「自然」と呼ぶ〉。また、人類は滅亡したとされる場において、動物たちが集まり会話を交わす「動物たちのバベル」でのキツネのひとこと、〈でも普通に生活するのはとても難しい〉も印象深い。「韋駄天どこまでも」は、作者ならではの巧みな言葉さばきによる鮮やかなイメージの連なりが、テーマと独特なかたちで結びつき、最後まで予想のつかぬ展開を見せる。

人間の愚行を戒め、自省を促すものであると同時に、人間の愛おしさやひたむきさ、その存在のありようと可能性について、本書と作者はさまざまなベクトルに向かって、読む者の思考を深化させてゆく。

窓を開け放つ書

蜂飼耳著『おいしそうな草』(岩波書店、二〇一四)は、雑誌「図書」に連載された文章二十四編に加え、書き下ろし三編を収録した文集。連載のタイトルは「ことばに映る日々」。詩人であり作家である著者が、日常のなかで、読み、出会い、受け取った「言葉」を端緒とし、あるいはそれらをめぐって、自らの思考と感覚が辿る軌跡をみずみずしくしなやかな言葉で的確に綴る。仕事の打ち合わせや打ち上げの席で、または散歩や旅の途上で、遺跡や展覧会を観に出掛けた先々でと、その筆と関心の赴くところはさまざまな方面におよぶ。ときに誰かと、ときに一人で過ごしながら、著者は考え、感じ、見聞きし、味わう。折々に触れ得た出来事が、古今東西の文学や哲学、神話や伝説などと有機的に結びつき、多様なかたちで絡み合って、ほかにはまだ誰も見たことのない情景と境地を切り拓く。類まれな感性と知性に裏打ちされた、研ぎ澄まされたのびやかで明晰な文章は、著者というプリズムを通して放たれた光そのものであり、それはいつも思いがけないところから差してきて、予測のつかない方向・角度へとのびてゆく。

〈読まなければならない、ということはないところで読む自由がある。詩や小説は、現代において、そういうものだろう。読むことの効用を、ただそのままに、無邪気に語ることなどできはしない〉。こう書き出される冒頭に置かれた一編「芝」では、ショーペンハウアーや八木重吉の作品に触れ、自身の子ども時代の記憶と体験を織り交ぜて、読書について、詩について、真摯に丁寧に言葉にする。石原吉郎、林芙美子、西脇順三郎、川端康成、正宗白鳥、W・B・イエイツなど、数々の文人らの作品と、自らの日常や文学観とを往還し、照射しながら、本書において著者は、終始冷静で毅然とした姿勢を保ちつつ、はじけるように生き生きとした体感と思索をめぐらせる。そこにあらわれる内外へひらかれた柔軟なものの見方、受け取り方、身のこなし方は、読む者の身体の窓を次々に開け放つ。

随筆とも小説とも詩とも分類し難い、いや分類の必要を感じさせない、いずれの要素をも兼ね備えた稀有な文章は、厳粛さと神秘性を湛えて畏れすら抱かせるものでありながら、ときおり声を出して笑ってしまうようなユーモアも含み、感傷的にならず、しかし心の奥底でじんわりと滲み広がってゆくような濃やかな情感を練り込んでいる。浮かれず沈まず、かろやかさと重みを合わせ持った確かな一言一言は、胸に深く沁み入り、さっぱりしている。

本書を読んでいる間は、はっとする瞬間の連続となる。「時計が止まる」にはこんな一節がある。〈生きている人間は、学習したり思いこんだりして自らにも当てはめた秩序や回路で生きているわけだが、蓋を取れば、その下は、見たこともないものでいっぱいなのだ。それは恐怖をもたらし、足元をぐらつかせもするが、同時に、生きていることそのものを、もっともいきいきとした次元へ押し上げる瞬間でもある〉。頁を繰るごとに降り注ぎ、次第に満ちてくる至言のなかを泳ぐように読み進めながら、幾らかは見知っているつもりで生きているこの世のあらゆる物事や場面において、自分がいかに多くのことを感知し得ず、通り過ぎてしまっているかを思い知る。と同時に、どの時点であれ「今」を生きていることの喜びや切なさ、苦しみや愛おしさが、身体いっぱいに込み上げてくる。

その一編のおわりに、〈時計を起こす時計、そんなものはないだろうか〉と著者は書く。読む者の窓を開け、日の光と夜の風に触れさせる。眠った身体を揺さぶり、新しい細胞を目覚めさせる。時計を起こす時計。本書こそ、そして著者こそがそれだと思った。

土地との交歓により生まれた短編集

稲葉真弓著『海松《みる》』（新潮社、二〇〇九）は、第三十四回川端康成文学賞を受賞した表題作を含む四つの短編を収める。いずれも高い緊張感を漲らせた濃密な世界が、淡々とした静かな声で語られる。それらの物語に耳を澄まし、息をつめるようにしてきき入りながら、終わらないでほしい、できればずっとこうしてきいていたい——といつしかそう感じている。言葉のひとことひとこと、情景や心情のひとつひとつを、けっしてきき洩らさず、見落とさぬよう、一字一句をじっくり目で追う。身をよじりたくなるほどの愛おしさと狂おしさに満ちた一編一編からは、深い孤独感や切なさこそが、やがて身内に希望を育て、新しい光を見出すまでの強さを養う種となり得ることを教えられる。

表題作とその続編とも言える「光の沼」では、三重県の志摩半島が舞台として魅力的に描かれる。東京に暮らす独身女性が、この半島の小さな湾に近い一角に土地を買って家を建て、忙しい仕事の合間をぬって通っては、そこでかけがえのない時間を過ごす。その姿を丁寧に綴る精緻な描写と、ちりばめられた多くの光る表現に打たれつつ辿りながら、読み終えたくない、そう思うのは、ストーリーを追って早く物語の結末を見たいという欲求よりも、いまこの語り、この描写、この風景をしっかりと感じ、抱き合っていたいという心の求めを覚えるからである。草叢をぽつねんと歩く雉、風に吹かれるシダや竹のそよぎ。それらに惹かれ、導かれるようにしてやってきたこの地で、彼女は枯れ枝を燃やし、大根を煮、フユイチゴのジャムをつくる。また、藪の中に光る沼を見つけ、〈まだ行ってみたことのない道〉(「光の沼」)を歩いて、真っ青な海に出る。そうやって、失った時間を取り戻し、新たな時を生みだしていくように。

彼女は入り組んだ湾の干潟を歩き、日々満ち引きを繰り返す波に穿たれた幾つもの洞をのぞき込む。〈私が顔を寄せる瞬間にも続いている緩やかな侵食。覗き込むたびに恍惚としたものが訪れる。もっと崩れろ、復讐しろ、ワタシガソレヲ、ミトドケテヤルカラという気分になるのだ。〉〈ここを通り過ぎていった時間の膨大さ、残酷さ……無意識に繰り返される運動が地球の片隅を崩壊へとつなげる、その瞬間に立ちあっていることにうっとりとする。運動と崩壊をつなぐへその緒みたいな時間の流れの中に、いま自分が含まれていることだけを感じていたい。〉そう胸に思い、〈そう時間が問題なのだ。その残酷さ、非情さが。〉(「海松」)と気づく。

ここには、失われゆくもの、痛みや崩壊を見つめる、豊かで巨きな孤独な目がある。それはすなわち自分自身の膨大で儚い時間の詰まった空洞を覗ぎ込む目でもある。ヘビの抜け殻を見て自らの心を照らし、水中にひしめく牡蠣を見つめて、その想像しがたい一生を思う彼女の心が、まるで自分自身の思いそのものとなって、入江を漂っているのを私は感じる。

彼女をはじめ、入江の作業小屋でアコヤ貝の肉に真珠の核入れをする男と行き合う子連れの女(「桟橋」)や、〈風のないときの野原のススキ〉みたいに深夜のコンビニに立つ女、その姿を見つめる指先の冷えた〈私〉(「指の上の深海」)など、本書に収められたどの女とも、けっして無縁ではない自分を感じる。このことは、これらの女と無縁である女性などいるのだろうかという思いにもつながってゆく。

読中やむことなく胸に起こっていたさざ波が、読後おさまるどころか大波となっておそいかかる。著者の作品を読むことは、それ自体がひとつの官能的な行為であり経験であるように感じられる。官能とは、歓びや充溢だけではない、底に深い哀しみや痛みを湛えたものであることを思い出す。孤独と寂寥を常に諸刃の剣として突きつけるそれは、からだに埋まった一本の刀で、同じすがたかたちのまま、生と死、激情や静寂、慟哭や慈愛といったさまざまなものを表し、身内に収める。土地と著者との交歓により生まれ出た、幻想性をはらんだこれらの作品群は、たくましい生命力を秘め、生き生きした存在感を放って輝いている。

「命」はどこにあるのか

村田喜代子著『鯉浄土』(講談社、二〇〇六)は、表題作を含む九つの作品を収めた短篇集。本書の中には、短篇小説の醍醐味とも言える、あっと息をのむような場面や一節が其処此処に光り、作者の熟練の匠技にしばしば打たれる。

表題作は、胸部大動脈瘤を患った夫の滋養食とするために、「鯉コク」用の鯉を買いに行く夫婦の話である。冒頭、夫婦は鯉を求めて、ダムをめざして車で山へ上って行く。普段、ヒラメなどを買いに行くときは、海をめざして下って行くのだが——と「私」が語りはじめるあたりから、読む者はすでに作者の描く得も言われぬ奇妙な世界に一歩足を踏み入れている。やがて気づいたときにはすでに引き込まれ、凧のようにからだの中心についたひもを引っ張られて、凧をはらんでついて行く。

骨太の文体。淡々と、飄々として語られるが、決して、あわあわとはしていない。ダン、ダンッ、と分厚いまな板の上で、大きな鯉の骨肉を断ち切る音が聞こえてくるような、どこかすこぶる腹の据わった、頑丈な文体である。難解な物言いや言いまわしはなく、その感触には、肉づきのいい二の腕を思わせる柔らかさがあるのに、いかにも頑丈で、たくましい。

本書の作品群は、ときには民話的な要素を羽衣のように身にまといながら、女たちの妊娠や出産、あるいは身内や知人、動物たちの死を往々にして語る。その中には、現在進行形で育まれる新しい命もあれば、〈生きる〉という死へ向かう道のりを、よろよろと歩んでいる姿もある。そこでは、〈生〉と〈死〉が描かれているというよりは、むしろ〈命〉そのものが取り扱われているように感じる。命をめぐっては、生と死が等価、同配分のものであるというより、死は生の内にかならず組み込まれている含有物であり、一方で死は、生の内から外から、常に生をおびやかし続けながら、同時に生をうながし、ときには生み出しさえする促進剤の役割をも果たしているようにも見える。

童話や昔話にある「継子殺し」のモチーフを巧みに絡めながら、出産か堕胎かの間で揺れる娘の懐妊を描いた「庭の鶯」。そこでもやはり、死が生をうながしている。しかしいつの世も、その構図ばかりがあるわけでもないため、世の中は揺れる。

冒頭に収録された「からだ」では、「わたし」は母について語りながら、祖母の死を回想する。母に代わって祖母の遺体の処理を試み、すべての穴に脱脂綿を詰め果せたとき、「ああ女の一生が終わってしもた！」と母は傍らで畳に突っ伏して泣く。その言葉に、「わたし」はおなかが捩れそうなほど泣きながら笑うが、読み手の私は、虚と真実を突かれたようにして、はっと我が身に手をあてる。「こんな祖母に、女の一生というようなものがあっただろうかとわたしは思うが、祖母もいちおうは女であるから、ないとは言えない」。おかしくもあり、かなしくもあり、厳粛でもあるこんな言葉が、突然あらわれてきて、こちらの喉元にぐっと何かを突きつける。本書の中には、こんな警句のような、金言のような言葉の数々が、何気ない顔をして、無尽に飛び交う。

「残害」の中で、「わたし」がきっぱりと語る言葉にも、至近距離からいきなりトンカチで殴られたように、ふいに正気に引き戻された。「人間は何かで死ななくてはなりません」。複雑骨折をして入退院した夫。自然史博物館に展示された恐竜の骨。そして、その骨を見上げながら、今まさに火葬場で焼かれているはずの、知人の夫の骨を思う。

作者の手は、いずれの作品でも、しっかりと地に足をつけ、現実の日常を歩み暮らす人びとを描く。そしてその目は、彼女らや彼らの生きる姿を冷静に見つめては、日常の中で刻々と起こる化学反応を見出だして、落ち着き払った筆致で巧みに描き出しながら、幻想的な世界へも地続きに往来する。作者は、その強く聡い目と言わず耳と言わず、五官のみとも言わず、己の〈からだ〉まるごとを以て、つまりは「生きている」ということそのものを通して、ときどきの、おりおりの変化を見逃さずにとらえていく。

このようにして書かれた本書の作品は、現実と幻想のあわいを描いたものと言うよりは、むしろ現実と現実とのあいだ、そのあわいにこそある（しかない）、ときには幻想のかたちをとることもある現実の姿そのものを、描いたものと言えるのではないか。

〈日常〉と〈非日常〉、〈現実〉と〈幻想〉とは、しばしば対照的な世界、相反する世界としてとらえられる。しかし、筆者の描く作品世界をくぐっているうちに、薄皮のように身に纏っていたその感覚が、いつのまにかどこかの木枝に引っ掛かって、しゅっと脱げてしまっていることに気づく。幻想とは、人が生きる現実の中にこそあるものだとわかってくると同時に、幻想とはつまり現実のことなのだとすら、確信する。

幻想を含めた日常の現実を見つめる主人公のまなざし、ひいては作者のまなざしには、生きていることのあわれ、不安、畏れ、愛おしさ、切なさ、愚かしさなどのすべてをくるみ包括する、強さと慈しみがある。そこには当然、命を持って生きる者の、死や禍の気配や訪れに対する怯えや憤懣もあるが、同時に、生の安穏もあり、幸福もある。

道を歩いていて、次の一足を踏み出そうとした足元に、突然深い穴があらわれる。それに気づいた一瞬の、ぎょっとして目を剝くような感覚、つうっとつめたいものが鳩尾を伝い落ちる感触、背中に冷水を浴び、首裏から脳天へかけて飲み込むように逆流する血汐の高波。生きるということは、命のはじめから最期のときまで、時々刻々と、絶えず連続して起こる、日常の中での化学変化の一部始終と言えるのだろう。そのことに気づかせてくれる作者の筆は、大袈裟に深刻ぶりもせず相好も崩さず、ふざけるでも韜晦するでもなしに、真面目な顔つきで淡々と語りながら、人を食ったようなユーモアさえ醸し出しつつ、それでかえって多くの物事を人に伝える。

「心」はどこにあるのか——脳にあるのか、胸（心臓）にあるのか——といった問いがあるが、読中ふと、「命」はどこにあるのか、といった問いが浮かんだ。作者の描く作品は、命をもって生きる〈からだ〉をまるごと見つめている。この強く頼もしく、説得力のある作品世界を支えているのは、作者自身のまなざしの、その眼窩の内側にあたたまる、〈命〉そのものへの思いなのであろう。

静かな祈りと意志に満ちた作品集

テス・ギャラガー著『ふくろう女の美容室』（橋本博美訳、新潮クレスト・ブックス、二〇〇八）には、十の短篇小説と、二篇のエッセイが収められている。収録作品はいずれも、人間の生を肯定し、理解し、祝福しようとする、ささやかながらもつよい祈りを根底に湛えている。

表題作の「ふくろう女の美容室」および「生きものたち」は、ともに美容室を舞台とし、そこに集まる人々のささやかな交情を、ユーモアを交えたテンポのよい語り口でいきいきと描きだす。十篇のなかには、このようなエネルギッシュとも言える作品が含まれるが、一方では、妹の娘を引き取って育てていたある夫婦のもとに訪れる悲痛な出来事を、静かに張りつめた文体で綴った「石の箱」や、自分の幼なじみから送られたラブレターの束を夫が隠し持っていたことを知った妻が、その胸に憤りや不安を抱えながら、朝も昼も夜も祈り続ける「祈る女」、そして、亡き夫に関わるトラブルに巻き込まれた未亡人が、その騒動のなかで、夫に対する自分の愛情の深さをあらためて知る「来る者と去る者」など、それぞれに少しずつ異なる味わいや表情を持った作品がならんで、著者の持つ多様な魅力をグラデーションのようにあらわしている。

作品の多くで、人々は孤独を感じ、不信に悶え、理不尽な出来事に怒り、かなしみの岸に佇んでいる。しかしながら、幸いにして、彼ら彼女らには、深い知恵ともいうべき、生に対する真摯さや誠実さが備わっており、自身の心の持ちよう、用いようによって、つらい現実のはざまにありながら、恩寵のようなひとときを得る。

そんな作中人物たちを、著者は、彼ら彼女らの息づかいや肌のぬくもりがかすかに感じられるほど近くの、目線の高すぎも低すぎもしない場所から見つめている。そこには過剰な厳しさや余分なぬるさ、甘さはなく、著者はただひたすらに、確かにそこにある現実を公平に見ようとする姿勢を貫いている。その上で、決して声高にではないが、力づよい声援を、作品世界に送り続けている。

収録されたエッセイからは、詩人であり作家である著者の、父母への満ちあふれるような想いとともに、創作に対する根源的な関わり方や意志をうかがうことができる。二篇のうち、より自伝的な要素を含む「父の恋文」で、著者は〈詩の真の題材とは、本来目に見えないものである。それは、言語の館を絶えず空っぽにする力。言葉をそこから追い出し、いったん宿なしの屈辱に貶めては、もう一度意味へと向かう道を探る力だ〉といい、〈目に見えない愛。両親とともにそれは、私の詩の中に、おそらくは全体のトーンの中に、伏流となっていつも流れている〉と記す。

これらのエッセイに書かれる〈目に見えないもの〉や〈不確かさ〉について思いをめぐらしながら、短篇をあらためて読み返すと、感慨はより増してくる。かつての同僚である視覚障害者を家に迎えて過ごすひとときを、詩情豊かに描いた「キャンプファイヤーに降る雨」は、著者の夫であったレイモンド・カーヴァーの短篇小説「大聖堂」と題材を同じくするもので、双方の作品を合わせて読むことによっても、その感動はいっそう深まる。今年で没後二十年を迎えるレイモンド・カーヴァーの、晩年の一時期をモデルにして隣人の視点から描いた「ウッドリフさんのネクタイ」も、明るさとかなしみの共存する短篇で、哀切な印象を胸に残す。

夢と現実、あの世とこの世、怒りと赦し、死者と生者……といった、一見相反するかに見えるものが、不思議な力で交わり、通い路を得て密接につながる作品世界は、人の心が、宇宙や自然の一部として存在しているということを教えてくれる。

切なさも、胸の引き絞られるような想いもすべて含めて、人生をふたたびいとおしいと思える瞬間が、本書を読むあいだには幾度も訪れる。ここにちりばめられた、草に光る露のようなささやかな一瞬が、胸に宿り、目に映ったとき、人はふたたびねじを巻かれ、生きる力を得るのだろう。

ゆるやかにつながりて

堀江敏幸著『未見坂』（新潮社、二〇〇八）は、『雪沼とその周辺』に続く、九つの作品を収める連作短編集。本作では、「尾名川」流域にある「春片」をはじめとする町々が舞台となる。描かれるのは、ささやかでつつましやかな日々を送る、市井の人びとの暮らしとその情景である。大きな事件は起こらない。作者が目を向け、耳を傾け、そこから掬い上げようとするのは、特異な出来事や人物をめぐる物語ではない。何気ない普段の生活の中で、ふとした折やめぐり合わせから、ときに立ちのぼる、湯気のような、さざ波のような、ほんのわずかな心の揺れ、かすかな悲哀、胸の疼きといった、ひそやかでこまやかな、愛すべき劫と刹那にこそ、作者の視線は注がれる。登場人物たちがそれぞれに抱え持つ、大小さまざまな事情やエピソードを、作者はやさしくやわらかな筆致で書き綴る。淡くも鮮明に映し出された光景は、まるでルーペで覗いたかのように、細部までくっきりと眼前にひろがる。

微細にわたる丁寧な筆づかいは、架空の町さえ現前させる。表題となった「未見坂」、地名のみならず、団地や学校、役所やバス会社までもが、当然のごとく固有名詞で語られ、それらはこの国のどこかに確かに存在していそうな実在感をもつ。と同時に物語は、不思議な浮遊感をはらんで、読む者に微妙な異空間を体感させる。

もうひとつ、本書で大きな存在感を示しているのは、〈不在〉である。母親と二人暮らしの少年や独身男性。両親、妻、義父を亡くして、年老いた義母と暮らす初老の男性。父親亡き後、ともに理髪店を営む母親が入院してしまった未婚の女性……。どの家庭にもどの人物にも、常に〈不在〉の影がつきまとう。しかしそれは、ことさらなものとして描かれるのではなく、むしろそれもまたひとつの日常のすがた、ありようとして示されているようにも思える。

作品のタイトルでもある、「なつめ球」や「消毒液」のほかにも、遠足の水筒、創立百周年記念の航空写真、ボンネットバスを再利用した移動式スーパーなど、作中の随所に配された、ほのかな懐かしさとある種の新鮮さすら感じさせる品々が、作品に滋味と魅力を加えている。

自分でも忘れていたような、記憶の襞の奥に入り込んで出てくることのなかった過去と、今まさに訪れる現在と未来とが出会し、新たな結びつきをゆるやかにもちはじめる瞬間に、幾つも立ち会ってゆきたいという心持ちを得た。

生きたすべての生命の記録につつまれて

アンソニー・ドーア著『すべての見えない光』（藤井光訳、新潮クレスト・ブックス、二〇一六）は、短編集『シェル・コレクター』および『メモリー・ウォール』（ともに岩本正恵訳、新潮クレスト・ブックス）で確かな実力を見せて読者の心を摑んだアメリカの作家による長編小説である。第二次世界大戦を題材として書かれた歴史小説である本書は、時間を行き来する十三章で構成され、一文一文にみずみずしく深い詩情を湛えた百七十八の断章から成る。主な舞台となるのは、フランスの北岸、ブルターニュ地方にあるサン・マロという町。その町の空から大量のビラが降ってくる、一九四四年八月七日の夕暮れから、物語ははじまる。

〈町の住民への緊急通知。ただちに市街の外に退去せよ〉。そう書かれたビラが撒かれたあと、町を占領していたドイツ軍に対して、アメリカ軍が爆撃を行い、サン・マロは壊滅状態に追いやられる。その町の一角には、フランス・パリから逃れてきて大叔父の家で暮らしていた、視力を失った十六歳の少女、マリー＝ロール・ルブランがいた。そして、十八歳のドイツ人二等兵、ヴェルナー・ペニヒも。物語は、この見ず知らずでありながら深い関わりを持つ二人を軸として、それぞれが辿る日日をめぐり、彼ら彼女らの家族や周囲の人びととその背景を含め、さまざまな軌跡が絡み合って交錯するさまを丹念に描いていく。二人の奇跡のようなめぐり合わせ、またその前後につながる数奇な流れのありようが、かなしみの底に愛と神秘が脈打つ響きをあらわす精緻な文章の積み重ねによって、丁寧に綴られる。ドイツの炭鉱製鉄地帯ツォルフェアアインの孤児院で育ったヴェルナーとその妹ユッタ。孤児院のエレナ先生、国家政治教育学校の同級生フレデリック。マリー＝ロールの、国立自然史博物館で錠前主任として働く父親や、大叔父のエティエンヌ、家政婦のマネック夫人など、登場人物たちが、暗く厳しい時代の波に引き裂かれる憤りややるせなさのなかにあって、互いに情愛に満ちた関わりをもち、寄り添い支え合って生きるすがたが、濃やかな筆致で写し取られてゆく。中心人物らの前に立ちはだかる人物に向ける視線や描き方も、通り一遍のものではない。それは、物語の世界を冷静に見つめながらも、一人一人の人物や、暮らしの内外に滲み出して彼らを取り巻く空気を含む自然界のありようを、まるごと慈しみ深く見つめる作者の透徹したまなざしが、その筆を通して映し出されているからだと感じられる。かなしみを、かなしみのままでは終わらせないための心と身体の動かし方、働かせ方が、絶えず、熱心に思考され、試み続けられているのを感じる。

文章に満ちあふれる慈愛と真摯さを感じながら読み進めるうちに、その文章が醸す美は保たれたまま、しかしそれだけになお、描き出される時局の厳しさ、重苦しい空気は、一層胸にのしかかってくる。戦争が描かれる本作の中心に近い部分には、〈炎の海〉と呼ばれる伝説のブルーダイヤモンドが重要なモチーフとして埋め込まれ、物語を動かしていく。この宝石は、作者の創作による架空のものだというが、こうしたところにおいても、本作は、「物語」について強い喚起力を持ち、示唆に富む。〈炎の海〉にまつわる伝説、物語については、それが保管されているという自然史博物館の見学会に訪れた、六歳のマリー＝ロールを含む子どもたちと案内係のやりとりが印象に残る。〈「おじいさんは宝石を見たことあるの？」／「ないな」／「じゃあ、本当にそこにあるってどうやってわかるの？」／「お話を信じればいいのさ」〉。その十年後の戦時下で、マリー＝ロールは、かつて語られたその宝石の呪いに関する一節を思い返し、続けて、〈物はただの物体にすぎない。物語はただのお話だ〉と考える。それでもまだ彼女は迷いのなかにある。その上で、しかし前へと進んでいく。

この物語においてその「お話」は、ただの迷信や伝説に過ぎない、と一笑に付すことのできない力を持つ。「物語」は、人を救うものともなり、また迷いや不安を掻き立て、ともすれば誤った方向へ導くものともなり得る。場合によらず、人はしばしば、こうした何らかの「物語」を求め、あるいは自ずから生じさせ、ときにむしろ自らすすんで、それに翻弄されることもあるものではないか。本作においては、作中に織り込まれたジュール・ヴェルヌの『海底二万里』などさまざまな物語が、重要な役割を担い、果たしている。それらの物語が、受け手の人生と密接に関わり合い、美しく頼もしい働きをなしている。「物語」に触れる者は、どのようなかたちであれ、いつもそれに試され、鍛えられようとしている。そのことにも思いを致す。緻密で繊細に、しかも自然の法則に沿うような必然的なものとして張りめぐらされた数数の伏線を含め、物語を見事に支え構築するモチーフや構成の鮮やかさ巧みさについては、語ろうとすれば切りがない。しかし、本書は種や仕掛けで読ませるものでないのはもちろん、むしろ、その濃やかで詩情豊かな描写とリズムをもつ一文一文そのものを味わうことこそが、本書を読むよろこびとなるようにも感じられる。

岩本正恵訳の前掲二作に続き、藤井光訳となる本書によってもまた、優れた翻訳を通して作品を受け取ることのできる幸せを噛みしめる。読中、作者の書いた言葉そのもの、原文そのものに触れているかのような感覚で作品世界に入り込んでいることにしばしば気づいて、はっとした。

物語の世界と違い、現実は厳しい。そう言えるのかもしれないが、しかしその厳しい現実が、物語によって伝えられ、人の胸に生生しく突きつけられるということもある。小説、あるいは物語は、現実世界の厳しさ愚かしさ、愛おしさかけがえのなさを、ある種の面白味や旨味を以て、人の心身に摂取しやすいよう加工や添加を施したものではないだろう。物語とは何か、そして小説とは。それが人を含む自然界に何をもたらし、相互にどう働きかけ合うのか。本作は、これまでにない角度から、そうしたことについても考えさせる。

ラスト近くで、マリー＝ロールは、孫息子が〈司令官ゲーム〉を行う手元の機械を出入りしている電磁波を想像しながら思う。〈空気は生きたすべての生命、発せられたすべての文章の書庫にして記録であり、送信されたすべての言葉が、その内側でこだましつづけているのだとしたら〉。国境も海も空も越えて届けられたその言葉は、いま私のなかでこだましている。

生の点滅、導く光

まぶしい日ざしに照らされた木木の葉が、そよぐ風に音もなくひらめき、その裏と表をたえまなく交互にあるいは同時に見せて、生死の深淵をのぞかせる。たとえばそんな光景を思わせる、見知らぬ誰かのいる風景、彼ら彼女らが過ごすときのありようが、これ以上ないほど精緻な描写で濃密に描かれる。小川洋子著『不時着する流星たち』（KADOKAWA、二〇一七）におさめられた十の物語は、どれもがほかでは見たことのない、ことごとく予想のつかないものでありながら、その情景や感情が、ふと、それらをとりまく空気の流れや光の加減とともに、いつかどこかで見知ったものであるかのようにも感じられる。既視感とは異なる、新しくて懐かしいその奇妙な感覚をもたらす光景の数数は、本書を読むことによってひとたび体内に立ちあらわれると、もはや読む者にとって消えないあらたな記憶となって息づきはじめる。それと同時に個個の物語は、読む者自身のなかにそれまで眠っていたさまざまな記憶をもよみがえらせる。本書は、ほかのどこにもない光景を描き出しながら、それを読む者に、あらたな物語とかつての記憶が入り交じって行き交う時空を体感させる。

ヘンリー・ダーガーやローベルト・ヴァルザー、パトリシア・ハイスミス、ヴィヴィアン・マイヤーなどの人物像とそれぞれの作品その他からインスパイアされた十の短編は、「第一話　誘拐の女王」「第二話　散歩同盟会長への手紙」「第三話　カタツムリの結婚式」といった魅力的なタイトルをもつ。そのほかにも、放置手紙調査法、世界最長のホットドッグ、などのモチーフが思いもよらないかたちで織り込まれた、魅惑に満ちた展開と空間を広げる全十話は、いずれも独立したべつべつの物語であるが、そこには通奏低音のように響き続けるものがある。それは、はなやかさとしめやかさが同居する、散るような凝《こご》るような、艶と渋味、重みとかろやかさ、極彩色と枯淡の味わい、その濃淡と強弱のバランスが生み出す美の音調である。緻密で大胆、濃厚にして淡淡とした不思議な文体。それによって顔色声色ひとつ変えずにおだやかに語られ綴られる物語に練り込まれる不穏さと狂気。限界まで凝縮されたものが、その極まったところで一気に裏返り弾け裂けて、こなごなに砕け散るような荒荒しさと開放感を合わせ持つ。それを読む者は、繊細さのなかにこもり満ちるその強い力をおそれつつ、慎重に積み上げられ整えられたものが遠く深く高く吹き飛ばされてゆく爽快感、カタルシスをも得ることとなる。作品世界に浸りながら、いつまでもこの時空に身を置いていたいと思いつつ、それが叶わぬことを知る切なさと安堵が入り交じるもどかしさを感じるところまでが、本書を読む醍醐味に含まれる。

作者は個個の物語において、事の次第やそのありようを、裁断を下さずあるがままに凝視し見出だして、強靱な筆遣いでひたすら濃やかに写し取ってゆく。そうして描き出された一話一話は、愛おしくも奇妙に見え、いびつなものを包含しながらも美しい、ぎりぎりの均衡を保って成立する世界の一隅を垣間見せる。

　全話それぞれに惹かれつつ、とりわけ印象深く刻まれた幾つもの場面がフラッシュバックする。「第四話　臨時実験補助員」からは、ある夏に、とある心理学研究室が募集した臨時実験補助員としての任務を遂行する〈私とあなた〉という二人組のすがたが。彼女たちの仕事は、〈きちんと切手が貼られ宛先も記された大量の手紙を、担当地区のあちこちにこっそり置いてゆく。あたかも誰かがポストに投入する前、うっかり落としてしまった、とでもいうような気配を漂わせつつ、（中略）一通一通十分な間隔を空けながら〉というもの。当時十九歳だった〈私〉にはすっかり成熟した大人に見えた〈あなた〉は、赤ん坊を産んでまだ半年にもならない主婦だった。彼女の胸が張ってくると、二人は仕事を中断し、公衆トイレを探した。〈手洗い場でワンピースの前をはだけ、ブラジャーの中から引っ張り出した乳房を絞って母乳を捨て〉る彼女。乳首から勢いよく噴出して一直線の軌跡を描き出す母乳は、〈タイルに跳ね返った飛沫《しぶき》が床にまで散り、あなたのサンダルを汚していた〉。また、その後彼女の家を訪れた〈私〉は、ある瞬間突然庭へ出て、芝生の上に舞い込んできたらしい落ち葉を一枚拾い上げ、隣の庭にそれを投げ捨てる〈あなた〉の姿を見る。まぶしすぎて暗い、暗さのなかのまぶしさに目がくらむようなそれらのシーンが、ときにスローモーションとなって繰り返し脳裏に映り出す。細心の注意を払って丁寧に取り扱っている美術品を、緊張にこわばる手をふるわせて、最後の最後に取り落としてしまうような、悪夢の極致にひらく開放感にも似たものに、戦慄するとともに恍惚とする。ここに写し取られるはげしさとしずけさは何であろう。それに胸を突かれ、心動かされるしくみもまた。

「第九話　さあ、いい子だ、おいで」は、子どもの代わりに文鳥を可愛がることにした夫婦を描く。『愛玩《あいがん》動物専門店』を訪れた〈私〉と夫。そこからはじまる文鳥を軸にした夫婦の暮らしを見つめる〈私〉のまなざしが、店員の青年への密かな意識と絡み合い、甘美であやうい世界を醸す静かで強烈な一編。

「第十話　十三人きょうだい」は、父の末弟にあたる〈サー叔父さん〉をめぐる〈私〉の物語。辻褄が合っているのかいないのかわからない、しかし、そうした辻褄合わせのようなものではあらわしきれない真実のすがたという曰く言い難いものが、ここにはあざやかな手際で描かれている。あらすじを追うことではとらえきれない、文章からにじみ出すものにこそ滋味がある。読み終えたあと、張りつめた神経や感情の糸がふっとやさしくほどかれ、心身の奥底から込み上げてくるものがある。潮が満ち、引いて、また遠いところから打ち寄せてくるのを感じる。

記憶や感覚、想像と確信、妄想と真実……。一人の人間のなかの現実と幻想、事実と虚構といったものが入り交じってそれぞれの日日をつくり、生の時間をおしすすめてゆく。いずれの作品も、一人一人のそれらが互いに交差し相俟って、世を育て、築き、壊しながら、人知れずあらためてゆくさまを映す。ときに矛盾や食い違いをもはらむ「物語」が、美しさといびつさを拮抗させながら、真実の光をかぼそく点し、点滅させつつ自らや誰かの生を照らし導く灯火ともなる。そのことを本書は気づかせ、次の場所へと誘《いざな》ってゆく。

あとがき

私家版だった第一詩集『びるま』を新たな版として刊行してくださった青土社から、以来十八年を経て、初めての散文集を作っていただいた。本書には収録できなかったものを含め、これまでに私に書く機会をくださったすべての方々や関係者に、あらためて感謝申し上げます。限られた字数、限られた時間、限られた力。幾重にも限られたなかで、いつも、限りない、果てしない、辿り着きようのないものを感じてきた。それでも、いつも、さまざまなかたちで、支えられ、助けられ、励まされて、一つ一つを書き終え、思いがけぬ時がきて、本書が成った。

これまでを振り返り、それなりの変化や推移があったことを目の当たりにした。いつかこの世にきて、いて、これらを書いたのだと思った。忘れていたこと、かつて思い描いていたこと、諦めたり、踏み出そうとして断念してしまったことなどにも、いろいろとまた出会い直せた。

今回の収録にあたり、原稿は必要に応じて改題し、一部加筆または大幅な改稿を行った。発表の時期や内容、媒体などにより、漢字や数字、振り仮名や引用符等の表記にばらつきがあったが、原則としては発表時のものを生かしながら、適宜修正した。表記の統一はしていない。

刊行にあたり、青土社の豊岡愛美さんに大変お世話になった。青土社の方々、装幀をしてくださった菊地信義さん、この本を生み出してくださったみなさまに心から御礼申し上げます。

二〇二〇年八月三〇日　　日和聡子

初出一覧

一、本

文学のつらなり（「週刊読書人」二〇〇二年一二月六日）
出会いの道（「新潮」二〇〇二年六月号）
強さを養う「あはれ」の文学（「週刊読書人」二〇〇三年一月一〇日）
私の三の酉（「青淵」二〇〇八年二月号）
小泉八雲つれづれ（「文学」二〇〇九年七―八月号）
でも橋の上では、ひとり（「現代詩手帖」二〇一七年九月号）
迂遠に立ち向かう喚起の力（「新潮」二〇〇六年九月号）
聞こえてくる声、呼びかける言葉へその緒の温度（「新潮」二〇〇八年八月号）
わらいのなかに遍在する慈しみ（「波」二〇一一年六月号）
揺らぎ散る魂を鎮める書（「新潮」二〇一一年一〇月号）
続いてゆく文学と人情（「すばる」二〇一七年五月号）
本のある世界で（「小説トリッパー」二〇〇五年春季号）
（「ユリイカ」二〇一九年一二月臨時増刊号）

二、詩と小説

文学の店　（『日和聡子『びるま』から『砂文』まで』萩原朔太郎記念 水と緑と詩のまち前橋文学館、二〇一七年一月）

風の成分　（「現代詩手帖」二〇〇七年一〇月号）

すでに〝そこ〟にあるもの　（「詩の雑誌 midnight press」二〇〇五年秋号）

書くからだ　（「現代詩手帖」二〇〇六年一一月号）

詩と小説のあいだで　（「現代詩手帖」二〇〇七年一二月号）

〈偽記憶〉という虚構の真実　（「現代詩手帖」二〇〇八年五月号）

書き続けること　（「新潮」二〇一三年五月号）

雨垂れを受ける甕　（「現代詩手帖」二〇〇七年七月号）

三、家と物

私の郷土玩具　（「週刊読書人」二〇〇二年一二月一三日）

展望台から　（「青淵」二〇〇七年三月号）

ともに過ごす　（「群像」二〇一三年四月号）

新しい年も　（「図書新聞」二〇一七年一月一四日）

青い光　（「現代詩手帖」二〇〇七年六月号）

漂流物の旅　（「読売新聞」二〇一四年一一月二三日）

記憶の宝箱　（「読売新聞」二〇一五年二月一日）

四、旅と故郷

旅路と故郷への道のり　（「週刊読書人」二〇〇三年一月一七日）
祖父の話　（「抒情文芸」二〇一〇年秋号）
銀鏡神楽　（「文學界」二〇〇三年九月号）
松明の火　（「青淵」二〇一三年六月号）
土を捏ねる　（「青淵」二〇一六年五月号）
弓ヶ浜、白兎海岸　（「青淵」二〇一〇年五月号）
ありがとう三江線　（「山陰中央新報」二〇一八年三月八日）
水際の風景　（「現代詩手帖」二〇〇七年九月号）
火と氷　（「読売新聞」二〇一四年八月二四日）
神秘を見つめる日本紀行　（「読売新聞」二〇一五年九月六日）

五、日日

空の海原　（「青淵」二〇〇九年三月号）
一番星　（「青淵」二〇一五年四月号）
電車のなかで　（「青淵」二〇一七年四月号）
時空を繋ぐ場所　（「抒情文芸」二〇二〇年冬号）
地面と高殿　（「現代詩手帖」二〇〇七年四月号）
雪の中の悟浄　（「週刊朝日」二〇〇七年一〇月一九日）

泳ぐ人びと（「現代詩手帖」二〇〇七年八月号）
バスに乗って（「読売新聞」二〇一四年七月二七日）
日常という異界（「読売新聞」二〇一四年九月二八日）
魂が語りかけてくる声（「読売新聞」二〇一五年八月二日）
ともにある年末（「読売新聞」二〇一五年一二月六日）

六、民俗

未知の世界への案内書（「一冊の本」二〇〇七年三月号）
篝火の宵（「現代詩手帖」二〇〇七年一一月号）
民話を通して綴る心の歳時記（「弦」二〇一二年夏号）
日本の民俗を記録する（「読売新聞」二〇一五年一月四日）
波間の光景（「青淵」二〇一九年五月号）
見守り続ける厳しい書（「現代思想」二〇一二年一〇月臨時増刊号）
縄文時代のかおり（「ユリイカ」二〇一七年四月臨時増刊号）
蘇る草双紙（「読売新聞」二〇一四年三月二三日）
苦難の結晶（「読売新聞」二〇一五年一〇月四日）

七、書評

暗がりを照らす灯（「新潮」二〇一五年二月号）
窓を開け放つ書（「週刊読書人」二〇一四年五月一六日）

土地との交歓により生まれた短編集　（「波」二〇〇九年五月号）
「命」はどこにあるのか　（「新潮」二〇〇七年二月号）
静かな祈りと意志に満ちた作品集　（「波」二〇〇八年八月号）
ゆるやかにつながりて　（「すばる」二〇〇九年一月号）
生きたすべての生命の記録につつまれて　（「新潮」二〇一六年一二月号）
生の点滅、導く光　（「新潮」二〇一七年四月号）

日和聡子（ひわ・さとこ）
1974年島根県生まれ。立教大学文学部日本文学科卒業。2002年、詩集『びるま』（私家版、のち青土社）で中原中也賞受賞。以後、詩作に加えて、小説を発表するようになる。2012年、小説『螺法四千年記』（幻戯書房）で野間文芸新人賞受賞。2016年、詩集『砂文』（思潮社）で萩原朔太郎賞受賞。他の著書に、詩集『唐子木』（私家版）、『風土記』（紫陽社）、『虚仮の一念』（思潮社）、『現代詩文庫 日和聡子詩集』（思潮社）、小説『火の旅』（新潮社）、『おのごろじま』（幻戯書房）、『御命授天纏佐左目谷行』（講談社）、『校舎の静脈』（新潮社）、『チャイムが鳴った』（新潮社）などがある。

この世《よ》にて

2020年9月23日　第1刷印刷
2020年9月30日　第1刷発行

著者　日和聡子

発行者　清水一人
発行所　青土社
〒101-0051 東京都千代田区神田神保町1-29 市瀬ビル
［電話］03-3291-9831（編集）　03-3294-7829（営業）
［振替］00190-7-192955

印刷　ディグ
製本　加藤製本

装幀　菊地信義

ISBN 978-4-7917-7307-7 C0095